天界の者達

安田員壽
YASUDA KAZUHISA

幻冬舎 MC

天界の者達

目次

第一章　神社にて

朝の静かな神宮の森、其れが歩く参道の左右に接してきている。其の森は緑が豊かで鬱蒼とした感じだ。今は朝で静かな場所だが、日曜日なのか人の数が多い。それでも、静かさは変わらない。

此の参道を拝殿の有る方へと向かって、七十五才の祖父と二十才の孫が仲良さそうに歩いている。二人は神宮に参拝に来たのではない。

七十五才の祖父はフリーランスのプロカメラマンで高井義継、孫は大学生で高井征一。義継はフリーランスだから、土、日に仕事をしたり平日を休日にして休んだり出来る。大事なのは、依頼者から頼まれた仕事をやり切ることだ。

義継は出版社からの依頼で雑誌に載せる風景や建物の写真、其れと料理の写真を撮ってきた。雑誌には旅行専門雑誌もあれば一般雑誌もある。目立たないが、人々に旅行の憧れと楽しみを与える縁の下の力持ち的な存在である。

フリーランスのプロカメラマンになる前、義継は出版社に所属するカメラマンであった。そうした中で、カメラマンとしての技術を向上させ業界での人脈を作り上げていった。そして、フリーランスのプロカメラマンとして独立し今に至る。

二人はもう可なり奥に進んだのか、後ろの入り口の第一鳥居は遠ざかり、前の方の第二鳥居が近づいてくる。其の鳥居を潜《くぐ》れば、拝殿のある敷地に入る。進むにつれ、第二鳥居が少し大きく見えてきた。

征一は共に歩いている隣の祖父・義継に前々からどうしても尋ねたいと思っていた事があった。

「仕事で神宮や神社に来て、何故、参拝しないのかと聞かれた事があるのでは?」

「そうだな、あるな」

「やはり。其れで、どう答えました？」

「そうじゃな、こう答えたな。神は仏の臣下で、仏の信仰で守護してくれる存在だと。まあ、此れ以上事細かく言うと、相手は分かり辛くなる」

少しの間の会話が終わると気付いたら、拝殿の敷地に入る第二の鳥居が目の前にあった。少し話しただけでずいぶんと歩いてきたようだ。

義継は仕事で此処を潜る事があるそうだが、参拝はしない。今日はどんな写真、撮るのだろうと征一は興味が湧いた。

義継はプロ用の大きめのカメラを持って、何処《どこ》が良いのかと写す場面を捜し始めた。写すべき場面の写真の条件は、雑誌の読者が興味を持ってくれる場面であるのが第一だ。其れは義継だけでなく、征一も素人ながら分かっている。

「今日は、何《ど》れか良いのが撮れそうですか？」

征一はそう尋ねるように言う。

「そうやな、運と良いシーンを逃さない事かな。まっ、一日が終わらないと、分からない」

義継は良いシーンがないかと、何処ぞかんぞとカメラを手に取って歩き廻り始めた。朝早いからなのか、拝殿前の人の数は少なめだ。朝の風景は良さそうと思うのか、義継は何回かシャッターを押している。

其の義継が思い出したかのように、第二の鳥居を潜って参道の方に出る。征一も彼の後に続いて出た。

朝の参道を歩く人は少ない。それに静けさもある。此の時間帯なら、朝の参道は可なり良いシーンだ。

征一は義継のそんな考えを読み取る。

参道の風景を撮り続ける義継。

参道を歩く人の姿、鬱蒼とした参道の左右の森、征一も素人ながら、素晴らしい景色が撮れそうだと感じた。義継は、必ず此れはと言える一枚が撮れる可能性があると思っているのだろう。其の為に何枚も撮っていく。

再び二人で第二鳥居を潜って拝殿前の敷地に入った。出る前より人が増えてる。人々が居る風景を義継は撮り続ける。其の行動を見続ける征一は、必ず爺さんは良いのを一枚撮るだろうと感じていた。というのも、征一は義継のカメラの腕前を知っているからだ。

そして時間は過ぎてゆき、昼食時と成る。

「飯を食べに行こか」

義継は征一にそう言う。

「何処ですか？」

征一としては、食事をする店を知りたい。

「前以て決めていたが、此の近く鰻の名店、長寿軒だ。それに予約もしているしな」

神宮からは可なり近いのか、すぐに其の店の前まで来た。其の二人の目の前を、追い越すように一人の客が店に入っていった。そして其の後に続くように、義継と征一は店に入った。

征一は店の中を眺める。まだ十二時なのに、案外客が入っている。遅れて入ったり予約していなかったりしたら、席に座れないかもしれない。此の店は、其れだけの名店だ。

義継は店の人に近付く。

「高井と言う者だが、予約席はどちらかな？」

義継が尋ねるように言うに、店員は、

「其れなら、あちらです。案内します」

と、答えた。

其の時、女将の柴山珠代が店の奥から出てきた。

「高井さんではありませんか」

「そうだが」

「久し振りですね」

「まあ来ようと思っても、中々来る機会がなかったので」

「此方《こちら》としては、贔屓にしてくださるだけでも有り難いです。じゃ、今から予約席にご案内します。席は此方です」

征一の目に映る着物を着た女将さんは、六十代の清楚な感じの婦人に見えた。彼女は京都でも通用する京婦人にも思える。それに、彼女は祖父に可なり面識があるように思えた。祖父は此の店ではずっと常連だったか？

案内された席に座った義継と征一、料理を決めなくてはならない。

「何れにする？」

義継は尋ねるように言う。

「ひつまぶしが有名でしょ？」

「そうだけど……。二人して其れにするか」

「そうする」

注文が決まったら、席の呼び鈴を押す事になっている。義継は呼び鈴を押した。暫くして店員が来た。其の店員の服装は洋装だ。

「決まりましたか？」

「そいじゃあ、ひつまぶしを二つ」

そう答えたのは、祖父の義継。

「分かりました」

注文が決まっても、ある程度待たねばならん。だから何か話して気を紛《まぎ》らわしたくなる。それに、征一は祖父の義継に尋ねたい事もある。

「此処の女将さん、京婦人みたいな感じだけど」

「そうか、そう思うか。彼女は元は京都の老舗の料理店の娘さんだ」

「それでか」

そうこう待っていると、何か思い出したかのように女将が義継の側に来た。何か言い忘れた事でも、あるのか……？

「今日の三時、出版社から頼まれた一品を写す約束でしたね？」

「確かめようとしていたが、言い忘れた。そうやった」

「撮影なら、二階の和室の個室でやれるようにしときます。ついでであります
が」

「何か？」

義継は女将が何を御願いしようとするのかと……

「実は、此の店で新たにメニューに載せる何品かを写して欲しいのです」

「いいですよ。やりますよ」

「そうですか」

漸《ようよ》う二人の注文した料理が来た。店の人は二人のテーブルの上に其れらを置いていく。料理はひつまぶしに、白菜の漬物にたくあん、そして鰻の肝の吸い物だ。其れが計二セット。

二人はさっそく料理を食べ始めた。征一にとっては、此の名店の鰻料理は初めてだからか、じっくり味わうように食べていく。

しかし、どんなにゆっくり食べても、いつかは無くなっていくものだ。そして共に食べ終えて、二人は長寿軒を出た。

店での三時の撮影までには、まだ時間がある。それで義継は、神宮での撮影を再び始めた。

写すのは、建物や人々だけではない。神宮の森の木々や草花も写していく。其れらは雑誌の読者に興味を持たれる。其の祖父の義継の行動を征一は側から見ている。

こうして撮り続けて時間は過ぎてゆき三時近くに成り、二人は長寿軒に戻った。

撮影場所の二階の和室の個室には、幾つかのテーブルの上にそれぞれの料理が並べられていた。もう既に、撮影出来るよう店側が用意をしていた。

義継は並べられた料理を見た。

それからすぐに撮影が始まった。

義継は決めたカメラの方向を微妙に変えたりテーブルの上の料理を微妙にずらしたりと、より良い写真が撮れるようにと細かな事をして撮り続けた。

こうした料理の撮影は四時を過ぎ四時半まで続いた。

其れを終えて神宮の拝殿前に戻ったのは五時近くで、今の季節は五時を過ぎてもまだ明るい。其れなのだからか、拝殿前に来る人は見受けられず出ていく人達が見られる。

義継はそうした神宮を出ていく人、もしくは帰宅する人の姿を一枚一枚撮った。其れは此の拝殿前だけでなく参道でも撮った。

しかし昼の長い季節の今であっても、辺りは次第に薄暗く成ってきた。気分的に、気味悪くも不安にも感じる。それでも神宮を出れば、夜の明かりで溢《あふ》れる賑やかな街だ。

「また飯にしよか。店は何処にする？」

義継は孫の征一にそう尋ねる。

「また、あの長寿軒でいい」

「そうか、めったに鰻丼は食べれんからな」

征一は祖父の財布の負担が重くなるのは判っている。それでも、鰻丼は食べたい。美味しいし此の機会しかないから。

第二章　祖父の行きし天上界

次の週の日曜日、

征一は祖父の義継の家に居た。二人して居る部屋は仏壇のある部屋であった。仏壇の中には、法華経の七文字と其の下に宗祖の名の二文字が書かれた本尊が掛けられている。義継は法華宗の中でも正統派の法華本宗の信徒で、他宗教や他宗派の本尊を拝んだ事はない。其の為に、仕事で神社仏閣の撮影に行った場合、何故参拝しないのですか？　と尋ねられる事もあった。

法華宗の宗祖は、時の鎌倉幕府の実質の最高権力者である執権に対し、疾病や飢饉が頻発しているのは国が邪《よこしま》な宗教を守っている事に原因があると国家諌暁《かんぎょう》の書を送った。更には、蒙古による他国侵逼《しんぴつ》の難さえ予言している。其の為、幕府から迫害を受け二度の流罪に遭ってる。

義継は目の前の征一に対して、何かの図面を書いた紙を渡した。Ａ４のサイズの白い紙には大きな円が書かれ、中心から縁に向かう線によって六分割されて、其の一つ一つに何かの名前が書かれてる。書かれてるのは、天、人、修羅、餓鬼、畜生、地獄の六つである。

義継は、征一に対して図を指差しながら話し始める。

「此れは人の心の常なる変化を表したものだ。六道輪廻《ろくどうりんね》と呼ばれる。其の中で一番上の天は人の心の喜びの状態を表す。神は天と呼ばれるが、天界は天の住む場所である。其れは人の心の中にある。天界は天上の世界にあるのではない」

「えっ、そうなんですか」

征一は感心しながらそう言う。でも本当は、六道輪廻の事は前から知っている。其れは仏法を知っていく中では初歩的な事だ。

義継は仏壇の中の法華経の本尊を指差した。征一は祖父が自分にどんな説明をしてくるのかと期待を抱きながら次の言葉を待った。

「本尊の法華経の七文字と宗祖の二文字の左右の横に幾つもの神や仏に菩薩の名が書かれているだろ。それで宗祖はこんな事を言っていた。此の本尊、他所に求むる事なかれ。己が胸中の肉弾におはしますなりと、言ってる。あれは我らが心の内なのだ。だから天とも言う神は我らの心の内にある」

仏壇の中の本尊は小さな掛け軸の形をしてる。どうも征一は、今まで自分の心の外にあると思っていた。天とも言われる神さえ我が心の中なのか。

征一はそう思いながらも、言いたい事を思い出していた。

「最近、コンビニである本を買った」

「どんな本を？」

義継は征一が何の本を買ったのか気になった。

「其れは『世界の神々』と言う本だけど。其の本に書かれてる神々、人間の持つような欲望と感情のままの存在だ。何故、人は其のような者を拝むのか判らない」

其れを聞いた義継は暫く考え込む。どう答えようかと。

「神や天と言っても、人間の行動や感情をモデルにしている場合もある。中には、人間を神にしたのもある。仏法では感情のままに心を動かされ迷う人間を凡夫《ぼんぷ》と言う。神の中にはそんな疑問を持つ者もある。だったら、仏道修業で己が人間性と社会性を向上させた方がいい」

義継はそう言い終えると、不意に腕時計を見た。

「もうそろそろ、昼飯だな。婆さんの作る飯でも食べよか」

義継の話を聞き終えた征一は、御本尊の方を見る。

仏道修業と言っても、本尊に向かって法華経の題目を上げるだけだろう。修業僧が山に籠って行う修行とは違う。一般人に山に籠る余裕はないけど。それに、爺さんは末法《まっぽう》の世では此の修業しかないと言ってたと、征一は御本尊を見つめながらそんな風に思った。

「飯、食べ終わったらな、不思議な体験を話したる。それも信じ難い出来事だけど」

爺さんは後で何の話をするのだ。信じ難いと言ってたから、想像出来ないのか？

考えようもないと、征一は首を傾げた。

「淑子、飯はまだかー」

義継は婆さんに叫ぶように言う。

暫く間を置いて、婆さんが、

「もうちょっと待っててね」

と、言う。

食事をする居間で待っていると、料理はテーブルの上に置かれていった。今日は、豚肉の生姜焼きにキャベツとピーマンの炒め物だ。特別に難しい料理ではない。豚肉の生姜焼きは、豚肉に味醂と醤油に少量の砂糖を加えてフライパンで炒めれば良い。料理としては簡単な方で可なり美味しい。

実は此のメニュー、義継が独身で一人暮らしをしていた若き頃に作っていた物だ。

其れが結婚後に妻となった淑子が受け継いで作るようになった。其の為、元を辿れば爺さんの味なのだ。

豚肉の生姜焼きを美味しく食べ始めた征一だが、ふと、義継に何か言ってみたくなった。

「爺さん、もし、戒律で肉が食えない人がイヌイットの暮らす北極で生きようとしたら、どうするんでしょう？」

「そうじゃな……、宗教の戒律に従ったら、死ぬしかないな。どうしても生きたきゃあ、戒を破って肉を食うしかない。だから宗教に拠る食の制限には、どうしても反対なのだ」

「そうですか。では、仏教で僧の肉食が禁止されてる事は？」

此れは征一がずっと前から気になっていた事だ。

「残念ながら、経文にはそんな事、書かれてない。釈尊が亡くなってからずっと後に決められた事だ」

「そうですか。……本当は……、肉を食っちゃあかん経は聞いた事は無いのだが……」

「元々肉食厳禁なんぞ、釈尊は言ってない。だからそんな経文も無い」

「そうですか」

征一には、思うところがあった。

地球上には、農耕に向かない所がある。そんな所では、農作物に頼って生きてゆけない。寒過ぎる。暑過ぎる。そして乾燥し過ぎている。そんな所では肉しかない。肉を、食わねばどう生きれば良いのか？　それでは、宗教は人にとっては生存を困難にさせてしまうのではないのか。

征一は、いつしか思うのも止め、只、食べる事に心を向けていく。

テーブルでは、祖父も祖母も豚の生姜焼きを食べている。其の食べ様から、美味しさが見て取れる。

此の豚肉、中々良いな。肉が柔らかく質が良い。何処の店で買ったんだろうな。婆さんは近くの個人スーパーで買ったと言ってるが、場所は何処だろうな？

そして豚の生姜焼きの味を堪能する食事は終わった。征一は此の味には満足だ。仏間に戻った義継と征一。征一は爺さんが此れから何を話すのだろうかと気にかけていた。もしかして、信じ難い此の世の出来事とは思えない事なのか？

「儂《わし》の若い頃、それも婆さんと結婚する前で、一人暮らしをしていた頃の事だ。それである夜、寝ていたところ、どういう訳か早く目を醒ましてしまった。まだ外は暗い。目を前に向けると、不思議な人間が立っていた」

征一は〝不思議な〟と聞けば、余計に何なのかと興味を持つ。

「其の人間の姿は、現実の世界とは余りに違うので、目を醒ませば、本当に夢の中で見ていたと思ってしまう」

更に、義継の話は続く。聞く方の征一も、其の風景を想像する。

目が醒めたと思い込んだ義継は目の前の人物を見る。其れも間近だ。

其の姿、若い男でギリシャ人の顔立ちをしてる。着ているのは、古代ギリシャの衣装だ。其の服の色は白。背中からは白い大きな翼が出てる。其れを広げれば、何れ位の幅になるのかと考えを巡らせた。そして其の者の下を見れば、古代ギリシャのサンダルを足に履いている。

「後ろを見ろ」

其の者が急に指で示した方を見る義継。

「あっ」

義継はそう一言を声に出し、まだ寝ている自分の姿を見て驚く。

「今、そなたは夢の世界に居る。此れからある世界に連れていく。必ず、元の世界に戻れる」

「別の世界に行っても、戻れるって事ですか？」

此の時の義継には、戻れるかどうかの不安があった。相手が戻れると言っていても。

「そなたが目を醒ました時が、戻った時だ。付いて来い」

此の不思議な者は、右腕を前方に伸ばし、其の手の平を前に向けた。其の前方に、縦長の楕円形の穴が空間に開いた。其の穴は黒い色をしている。

「こん中に入るんですか？」

穴の黒い色は不気味だ。義継としては、其れ故にこう尋ねたくもなる。

「心配するな、此の中は明るい広い世界だ。来い」

義継は、目の前の者を信じてみようと思った。あかなんだら、目を醒ませば良い。

それで元の世界に戻れるのだから、と。

其の者に付いて穴の中に入ると、明るく広く素晴らしい世界が目の前に広がっていた。青い空、緑の木々の森や草原、咲きほこる草花。其れらを見た義継は、天の世界に来たとさえ思った。

「此の世界は、一体、何の世界だ？」

義継は知りたい気持ちで、叫ぶように尋ねる。

「此処は、人々の心の中の天界だ。そして私は天の内の一人だ。此の世界は人々の心の中で繋がっている」

義継は不意に後ろを見る。

つい先程、出たばかりの黒い穴が小さくなっていく。そして遂に、穴は閉じ無くなっていった。しかし戻れない不安は無い。目を醒ませば良いのだから。

其れからの義継は、天と称する者に付いて夢の中の天界を歩き続けた。

草花が所々に咲く草原を歩いていくと、前方に森が見えた。天は「彼処《あそこ》に行こう」と言う。義継としては、どんな所かと期待もする。目に見えるのは緑一色の森ではあるが、中に入れば違うかもしれない。

森の中に入った。

突如、薄紫色の花々に全体が覆われた木々が目に飛び込んできた。それも幾本程度ではない。此の中に入れば、森全体がそんな木ばかりだ。

目を近付けて、其の木の花を見てみた。

ジャカランダの花だ。更によく見てみると、緑の葉は出ておらず薄紫色の無数の花々で木が覆われていた。義継は、薄紅色の無数の花に覆われた桜の木が、薄紫色の花にとって代わったような錯覚に陥った。

素晴らしい、素晴らしい。

桜の花とは色が違うが、まるで色の違う桜の木の下に居るようだ。此処はそんなのが見られる世界だ。其れが現実の地上の世界で見られるのか？

しかし、こんな素晴らしい世界を見続ける義継も、次第に飽きを感じ、天に御願いする。

「別の所に、見る所ありませんか？」

「飽きがきたようだね？」

「そうだけど」

「なら、別の所がある。此処を出よう」

天は自分を他の場所に連れていこうとするが、今度はどんな所なんだろう。

義継の心の中に、そうした期待感が次第に高まっていく。

天と共に森を出た義継が後ろを振り返ると、出た森は緑一色だ。どうして中に入ると、薄紫色一色の世界なのか？　何故なのかと思いながらも不思議な森として心に残った。

　義継は更に天に連れられ草花がまばら咲く草原を進んで行く。そして右側の遠方には森が見える。しかし、其方には向かわない。進んで行くと、綺麗な川が見えた。其の川は其れ程に大きくはない。童謡の『メダカの学校』で歌われる川より少し大きめの川だ。

「此処ですか？」

　義継は天にそう尋ねる。

「いや、違う。見せたいのは、もっと先だ」

「そうですか。でも、此の川は気に入ってます。眺めながら進んで行きます」

「そんなに気に入っているのか。本当はもっと素晴らしい場所が先にはある」

　素晴らしい場所、どんな所だ。

　どう想像を働かせようとしても、頭には浮かばない。それでも、周りの風景を見るだけでも素晴らしさを感じる。

見上げると青い空に白い雲が少しだけ見える。其の雲さえ美しく見える。遠くの森も美しいし草原に咲く花々も素晴しく美しい。此れだけでも充分だ。此の先に、もっと素晴らしい場所があると言うのか？

天と共に歩き続けていくと、草原の向こうに黄や赤い色の何かが見えてきた。遠くからだから、はっきりしないが、そうした色の花園ではないのか……？　更に少しずつ近付いていくと、間違い無く花園であるのが分かる。もしかして、今共に歩いている天が言ってたのは、あれではないのか？

「ねぇ、見せたいのって、あれでは？」

義継は思い切って尋ねてみる。

「そうだ。今まで見た景色より素晴らしい。其れと同等なのは、薄紫色の花の森かな」

それからも少し歩いて近付いていくと、黄と赤の鮮やかな花園が広がってきた。更に進めば、前が全て黄と赤の色彩に覆われた世界だ。花の形さえ、はっきり見えてきた。

南アフリカの砂漠には、年に一度雨が降り鮮やかな色彩の花園が出現する所がある。色も、此れと変わらない。確か、ナマクアランドと呼ばれていた。

遂に周囲三百六十度そんな色彩に覆われた世界の中に入った。体をぐるりと廻転させて何処を眺めてみても、黄と赤の鮮やかな色彩の世界だ。本当に天の世界だ。

「此処、一年じゅう、こんな花園のままなんでしょうか？」

此の場所がずっとそうでありたいと、義継は思った。

「そうですよ」

天は一言そう言う。

そうか、やはり、
こんな世界であっても、
目が醒めれば、二度と来れない。

心行くまで、楽しんでみるか。

義継はそんな想いのまま、ナマクアランドの如き世界を駆けた。どんなに駆け続けても、周囲三百六十度そんな鮮やかな色彩の世界だ。何処まで行っても途切れる事はない。少々疲れを感じても走り続ける。

あっ、向こうに丘が見える。

彼処も花に覆われてる。行ってみるか。

誘われるように走り続けて丘まで来た。しかし、走って丘の上に登るのは辛い。走り続けて疲れが溜っているのもある。故に義継は歩いて丘の上に登っていく。

丘の上に辿り着くと、義継は上から下を眺めた。全て三百六十度が鮮やかな色彩の世界だ。ずっとずっと目に入る端の世界すら。

疲れの溜った義継は仰向けに寝た。そして、空を眺めた。

青い空、綺麗だな。白い小さい雲も所々に見える。雲さえ綺麗だ。夢の中とは言え、不思議な世界に入ってしまった。体が辛い。寝るか。案外動き廻ったからな。

そして、義継は眠りに落ちた。

「起きてください」

誰かが声を掛ける。其れも、自分の体を揺すってる。

「うっ……、何だ」

目を醒ますと、目の前に同行してた天が居る。

「此れから、あなたは行かねばなりません。どうしても会って貰う方が居るのです」

ふと、義継は不思議に思う。夢の中で寝たり起きたりする事だ。現実の中か夢の中かと判断が混乱する。

「此の花園、可なり広い。此れから行くとすると時間が掛かるのでは?」

義継としては、天に対してこう尋ねざるを得ない。まだ疲れがある上に、此れから歩き続けるのも辛い。

「大丈夫、心配はいりません」

天は安堵させるような一言を言う。

そして、指を二本口に突っ込みピーと指笛を鳴らすと、上空の方に白い天馬が見えてきた。まだ小さく見えながらも、肩から翼が出ているのが見える。天馬は其の翼をゆったり羽撃いている。

更に白い天馬は降下を続け、次第に其の白い美しい姿がはっきりしてきた。天馬の優美な姿は見る者を魅了する。

美しい、美しい、素晴らしい。

此れが現実に存在したなら、此れ程の素晴らしいものは、あるのだろうか。

義継は、此の白く大きな天馬に心が囚われていった。

遂に、天馬は二人の居る丘の上に降り立った。其れを目の前で見る義継は、更に心が魅了され囚われ続けた。白い天馬は余りに美し過ぎ優雅だった。

「此れに乗ろう」

そう言った天がまず前の方に乗り、義継は其の後ろに乗った。

二人を乗せた天馬はゆったりと羽撃き、そして地面を離れた。更に、天馬は上空へと上昇していく。

上空の馬上から下を眺める義継。

黄と赤の色鮮やかな花園が広がる。見るからに可なり広い。もし歩いて其処を抜けようとしたら可なりの時間が掛かる。

どうして、こんな広い広い世界に入り込んでしまったのか。知らず知らず駆けたり歩いたりして、入っていってしまったんか。

しかし、上空から見る花園は素晴らしく美しい。でも、歩き続けて抜けるのは大変だ。天が天馬を呼んでくれたから、こうして楽して上空から花園を見て楽しむ事が出来る。

あっ、向こうに花園から抜けた所が見えてきた。

色鮮やかなナマクアランドの如き花園も遂に抜け、下の世界は緑の草原に変わった。

左右の向こうには、緑の山々も見える。下の草原を眺めると、ポツリポツリと所々に花を咲かせる草花が目に入る。花の色が分かるが、花の形は分からない。下に降りてどんな形の花か知りたいが、急ぐ所がある為、天は義継のそんな要望には応じてくれない。

向こうの山々等の景色は、今までの派手で色鮮やかな花園に比べれば地味ではあるが、綺麗だ。下の方を見ると、落ちないかと少しの不安はある。それでも、上空からの素晴らしい景色を眺め続けた。

しかし、何処へ向かっているかを知る為に前方を見るのは難しい。何せ、前に乗ってる天の体の影になってしまっている為だ。どうにか前を見ようとすると、自分の頭を右か左にずらす必要がある。そうして前方を見ようとした。

向こうの方に白い建物が見えてきた。建物の後ろには緑の森が点在している。まだ建物の形がはっきりしていない。どんな、建物だろうと予想する。

前に進むにつれ、次第に建物の形が明確になってきた。

建物は古代ギリシャ風の白い宮殿らしき形だ。更に進むと、建物の周辺の上空には、翼を持って飛ぶ天や天馬が飛び廻ってる。其の天馬は白い色をして天が乗ってる。

　更に進んで行くと、天の着てる衣服もはっきり分かってきた。男の天は白色だが、女の天は白だけでなく、ピンク、黄、赤、青の服をそれぞれ着てる。そして其れらは古代ギリシャ風である。

　天馬は宮殿らしき建物からある程度離れた所に降りた。そして天も義継も天馬から降りた。後は正面の建物に向かって天と共に歩んで行くだけだ。

　義継は不意に上を見た。

　天や天の乗った天馬が舞うように飛びかかっている。其の姿は美しく優雅だ。そして飛びようも悠々たる舞いをしているように見える。

「彼らは、そなたを歓迎する為に舞っているのです。暫く見てみるのも良いでしょう。でも、いつまでもとはいきません」

　義継は少しの間だけと天が言ってるのならと、暫く楽しく眺めてみようとした。

　飛んで舞ってる天女は中々美しい。着ているものも良いし、スタイルも良く顔立ちも中々良い。それでいつまでも見ていたいが、何処かで見るのを諦めねばと思った。

天女を見るのを終えた義継は、天と共に宮殿に向かって歩み始めた。

あの建物の中には、どんな方が居るのだろうか？　もしかして、古代ギリシャ風の衣装を身に着けた王様のような方か？　建物が宮殿のようだからそれも有りか。

遂に二人が宮殿の入り口にまで来た時、大きな扉が開いた。それも人の手もなく開いた。義継は其の現象を不思議に思った。そして中に入り前に進めば、古代ギリシャの衣装を身に着けた二人の男女が立っていた。衣装からすると、二人は王族のようにも見えた。

「あの方が、天主のゼウス様と妃のヘラ様です」

天の説明を聞いた義継には、向こうに見える二人が想像していた姿と其れ程に違わぬように見えた。其れは不思議にさえ思える。

天と義継は更に前に進み、二人の目の前にまで来た。

「儂は天主のゼウスだ。隣におるのは、妻で妃のヘラだ。此処までの道程、長く大変な事だったと思う」

ゼウスがそう言うと、ヘラの方は、

「長い道程、どうされて来ましたか？」

と、労を労うように尋ねてきた。

「天が天馬を呼んで其れに乗せてくれました。それで可なり楽して来れました」

と義継は答えた。

「それは良かったですね」

其の言葉を言うヘラの顔には、安堵と優しさが感じられる。義継にとって、長く歩き続けるとしたら、それなりに大変である。

ゼウスは義継に目を向け、ゆっくりと語り出した。

「今日、そなたを呼んだのは、私と妻のヘラがどうして此の世界に存在してしまったのかを話したかったからだ」

「それで、どうして此の世界に？」

義継にとって此の世界は不思議だ。翼を持って飛ぶ人間や馬など、考えられない。それでも夢の中の世界だから受け入れられる。

「儂は、実は、かつて地上の人間で国を治める王だった」

「えっ、人間だった」

元々ゼウスを神と思っていた義継には、可なりの驚きだ。其の顔は、一時ポカンとした表情をしている。

「まあ此れを聞いた地上の者は、そうびっくりするのは当然だ。神と思っているからな。それでも此の世界に身を置いた始めは、そう思ってなかった」

「それじゃあ、いつから神と思うように？」

「人間であるなら、いつかは命を終える。私は命を終えた後、此の世界に身を置いていた。其れは妻のヘラも同じだ。ヘラに聞けば、儂が亡くなった三年後、同じく此の世界に身を置いていた。それからの私は地上の人間を此の世界に連れてきた。そして知った。人々は此の世界を神の世界とか天の世界とか呼んでいた。それで二人は悟った。此の世界は人々の想いで作られた世界だと。つまり此の世界で私もヘラも神にされていたのだ」

「人々の想いで、こんな不思議な世界が作られるんですか?」

義継には夢の中の世界だとは言えど、半信半疑で気分的には受け入れ難い。

「不思議だが、そうだ」

ゼウスはそう言い終えると、ヘラと共に色が失せるように白ばんできた。同時に周囲の風景さえ白くなっていく。そして義継の目に映る全てが白一色に変わった。更に、今度は白一色の世界が黒一色の闇の世界へと変わっていく。そして闇の世界になれば心が不安になり、目を醒ました。

目を開けると、薄暗い早朝の部屋の布団の中で寝ていた。薄暗いから、始めは朝なのか夕方なのかと判断に迷った。部屋には針で時間を示すアナログ時計と数字で示すデジタル時計がある。其のデジタル時計の数字の御陰で今が朝だと分かった。

今まで征一に語り続けてきた義継の不思議な体験は、此処で終わった。

「征一よ、此の話にはまだ続きがある」

「続き……？　どんな事が？」

征一は、祖父の義継がまたどんな話をするのかと興味が湧いた。もしかして、其れは自らの想像の及ばない事なのか？

「あれから何日たっただろうか？　日記さえ書いてないから過ぎた日数も分からない。それでも、一週間も過ぎてなかった」

更に、義継の話は続いていく。征一の方はどんな話が聞けるのかと、耳を傾ける。

幾日か過ぎたある日の早朝、
義継は目を醒ました。余りに早くまだ薄暗いので、明かりを点けてデジタル時計の示す数字で時間を知る。
夕方ではなく朝か。まだ早いな、もう一寝入りするか？

うっ、誰か居る気配がする。誰だー。

目の前に半透明の人物が見えてきた。始めは薄く見えていたのが、次第に透明さが無くなり完全に実体化した。

夢の中の天の世界で見た天ではないか。どうして？　人間の形をしてるが、翼が付いているなんて、生物の常識を外れてる。夢の中の世界なら信じるが、本当に現実の世界なのか？　目の前の存在を信じるのも疑問だ。

「何日か前、夢の世界で会いましたね？」

目の前の天は、そう確かめるように言う。

天の背中に白い大きな翼が折り畳んだまま付いている。着ているのは、古代ギリシャの白い衣服。そして足には、古代ギリシャのサンダルを履いていた。

「何故、夢の世界の事が分かるんですか？」

義継には、目の前と今までの何もかもが不思議だ。尋ねたくもなる。

「我々天の者には、人々の夢の中の世界に入る能力があります。始めから本当の世界では、人々は受け入れてくれません。此れから天馬に乗って天界に行くから、暖かい服装をしてください」

天の男の着ている物は、半袖に膝上のワンピース状の衣服だ。

「そちらは空の上でも、寒くありませんか？」

「天の者は、人間程に寒さを感じません。気にしなくてもいいです」

此の天、強い口調だ。きつく感じる。

「そうですか」

義継は、何とか目の前の存在を実在する者として受け入れようとする。もし受け入れなければ、夢の中の世界だと思わざるを得ない。それでも頭の片隅には、夢の中に居るのではという疑いがある。

義継はパジャマから普段着へと着替えた。上空は寒いけど、此れ位着込めば大丈夫かな。

ふと、義継が目の前の天を見ると、彼は何か言いそうな感じだった。顔色を見ると、そんな雰囲気に感じられた。

「今から私が窓から外に出て宙に浮かびます。其の時、窓から背中を外に向けてください。天馬に乗せるまで、そなたを持ち運ばねばなりませんから」

「分かりました」

言おうとしたかったのは、天馬に乗るまでの説明だったようだ。

義継を背中から抱く天は、宙に浮かぶ白い天馬の方へと飛んでいく。義継は翼をゆったりと動かす天馬の方へと近付いていき、そして天は義継を天馬の背中の上へ乗せた。

其の後、天は義継の後ろに乗ると天馬のたづなを持ち、前方へと飛行させた。

天馬に乗った義継、やはり上空は涼しく感じた。それで体が冷えてしまわないかと気になるが、気がかりは、もう一つある。

「地上の人間から見られていませんか?」

「それなら大丈夫。我らは透明になっていますから見えません。安心してください」

「そうですか。それで」

「まだ何か？」

「体が冷えて凍らないかと」

「心配いりません。誰しも天界までは持ちこたえられますから。それでも、寒くてしょうがないなら、高さを落としますよ」

「なら、そうしてください」

天馬から下に見る世界は、ビルと家屋が立ち並ぶ街から海へと出た。単調な海の風景は続いていくが、突如、前方に島が見えてきた。南の方へ飛んでいるのは分かるが、あの島は何だろう？　伊豆大島か三宅島か他の伊豆の島々か、分からない。

こうして幾つかの島々を通り過ぎてゆき、再び下の景色は海のみの単調なものとなった。だから見るのも飽きてくる。

突然、天馬は上空へと上昇していく。其れに従い、寒さが感じられてくる。

「もうすぐ天界です。暫くの辛抱です」

天は義継をそう安堵させる一言を言う。

もうすぐ寒さとおさらば出来ると義継は思った。そして前方に雲の塊が見えてきた。更に進むと、天界の入口の穴が目に映った。

穴はより大きく見えてきて、天界へ行く入口のトンネルであるのがはっきりしてきた。二人の乗った天馬はトンネルの中へ入った。トンネルは入った者に比べて可なり大きい。それに暗くなく、何故か明るい。

遂にトンネルを抜け、目の前の下の方に天界の景色が見えてきた。綺麗な川に緑の森、そして草原、全てが美しく見える。

向こうに、黄と赤の花園が見える。夢の世界で見たのと似ていても、もう一度気になった。

「彼処に降りてみたい」

「少しの間なら」

と、天は義継の要望を受け入れた。あの花々は天界のどの景色よりも引き付けられ、ナマクアランドの花園に似ていた。

それからは、一時天馬から降りてみたり低空でゆっくり飛んでみたりした。

そして最後、低空で飛び続けている時、天が「もう急ぐ必要があります」と言った。

もう見収めかと名残惜しさを感じながらも、仕方がないと諦め、次へ進む事にした。

天馬は飛行速度を上げ、ゼウスの宮殿へと向かった。そして漸くして天馬は宮殿に着き、地上に舞い降りた。

天馬から降りた義継は、前方の宮殿と上空を飛んで舞う天馬と美しい天達を見た。

夢の中の世界で見たのと、何ら変わらない。

後、天に連れられて宮殿の中に入った義継は、天主のゼウスと其の妃のヘラに会見する事になった。

前方にゼウスとヘラらしき二人が見えた。夢の中の世界で見たのと変わらない。

更に近付くとヘラの方が、

「長い道程《みちのり》、御苦労様です」

と、労を労うように優しくにこやかな顔で挨拶をした。

義継は、本当は何時間も天馬の馬上に居た。雲の中の天界に入ってからは、途中で降りて其れを楽しんで見たりもしたが、それでも乗り続けていた方が多い。宮殿前で降りてみると、乗り続けてる時よりも気分も体も楽になった。可なり乗り疲れていたと言える。

隣のゼウスを見ると、何か言おうとしているように感じた。

「夢の中でお会いしたから、今日で二度目だな。どうかな、天界の景色を見て」

「花園が素晴らしかったです」

「そうか。そなただけでなく、誰もが黄と赤の花の咲く花園を素晴らしいと言う。実は此の天界、人の想いで作られた世界だ。儂と妻のヘラは元は地上の人間で、儂はクレタ島の大王だった。死後、何故か此の天界の住人になっていた。不思議な事だ」

「王様だったなら、どんな事を?」

義継としては、ゼウスがどんな司政をしたか知りたくなった。一見すると、元は名君だったようにも思える。対するゼウスは、どう答えようか話そうか暫く考えている。

尋ねられた事が単純だったからこそ、言う言葉が考え辛いのだろう。

「儂は、クレタの国の大王として、クレタ島と周辺の島々を治めていた。統治の目的は、人々が此の国で生きてきて良かったと思えるようにする事だ。だけど思いもよらぬ事が起きたり、思いどおりに出来ない事もある」

「其れ、どんな事が？」

義継としては、色々と興味が増す。

「クレタの国は海上交易で栄えた国だ。それ故、他国との交易による摩擦もある。そんな時、其の国との通商における外交交渉に臨む事になる。此れには可なり苦労した。其の大変さは、今でも忘れ難い。其の他には、作物の出来不出来の悩みや地震の被害への対応、漁民達の漁場を巡る争い等、其れらの解決に悩まされた事、たびたびだ。あ……、そうだ。臣下との関係や臣下同士の確執もあったな。そうして儂は心労で体が変になり、最後は食べ物が喉を通らなくなって命を終えてしまった」

「そんな、王様って、大変ですか？」

「国の責任を、一身に背負わなければならんからな。今では此の天界に生まれ変わって安らかに暮らしているが、此処は生きるには刺激が乏しい。いつまで、此の世界で存在してるやら」

「もしかして、地上で生きていた時の方がと思う事は？」

「それはあるな。しかし地上の人達は儂を神と見、此の世界を神の世界として見ている。神として祭り上げる程、特別なのか？　自分が特別に優れているとは思えない」

「祭り上げる方としては、特別と思っていたのではないでしょうか？」

「そう思われても、自分を省みればどうだろうかと疑問に感じる。権力者として行ってしまった事が、後にははたしてと思う場合もある」

「もしかして、過去の行いで？」

「其の事は話し辛い」

ゼウスは暫くだんまりを続ける。義継の目には、ゼウスには話そうとしても話し辛い事があるように見えた。其れも話すには余りにも後味の悪い事なのではと感じられた。

ふと、ゼウスとヘラに目を向けると、着ている物が変わってきている。古代ギリシャの衣装から古代クレタの衣装へと。ギリシャの衣装は体に一枚布を付けた感じだが、クレタの衣装は上の半袖の服も下のスカート状の物もちゃんと縫製された衣装だ。女性の方は胸を丸出しにするが、今のヘラは丸出しにしていない。其の場合もあるようだ。

「ゼウス様、着ている物が変わってきていますが」

「すぐに、ギリシャの服に変わる。生きていた時は、クレタの服を着ていた」

するとと、見ている義継の目の前で、本当に元のギリシャの服に戻っていった。

「どうも、地上の人間の想いが生きてる時と違う服に変えてしまうようだ。此れで、そなたに話す事はない。儂の下部《しもべ》の天のカリトンと共に地上に戻るが良い。其の前に天界を見物をしていくのも良いと思う。二度と此の世界に来る事も無いから」

義継にとっては、もう一回天界の景色を見てみたいと思っていた。何せ黄と赤の花の咲く広い花園なんかは何度でも見たい。だけど、此れで話す事はないとゼウスは言っているが、話すには後味が悪く罪の意識を感じてしまう事なのか？　権力者なら、国を一つにまとめる為に可なりどぎつい事を為す場合もあるそうだが。ならば、更に尋ねて聞こうとする気にもならない。

此れから天界の景色を見るなら、ナマクアランドのような黄と赤の花の咲く花園が良い。自分を連れてきた天に頼んでみるか。カリトンと呼ばれていたな。

ゼウスの宮殿を出た義継は、天のカリトンと共に天馬に乗り天界の景色を眺め続けた。もちろん最もお気に入りはナマクアランドのような黄と赤の花園だ。カリトン自体も其れを分かっている。此の世界に来た地上の人間は、誰もがあの花園が最も気に入るらしいのだから。

義継は天馬に乗って下の花園を眺め続けている内、カリトンに「彼処がいい」と言って天馬を花園に降下させる事もあった。

花を間近で目にしてみると、色は赤と黄ではあるが、よく見ると微妙に違う。形も色々だ。其れは花園の花に対し、より興味を持たせる。

義継は花園の中を駆けたり寝転んだりした。そして時間は知らぬ間に過ぎてゆく。楽しければ、時間は感覚的に早く過ぎてゆくものだ。

カリトンが、ふと義継に声を掛けた。

「もう帰らないと、帰った時、夜になっていますよ。帰りましょう」

「えっ、そんなに時間、過ぎてる？」

「そうですよ」

すぐさま二人は天馬に乗り、天馬は天界の上を飛んで行く。そして出口の雲のトンネルに入り、其のトンネルも抜けて行った。大空を飛ぶ天馬は海上の方へと高度を下げ低空を飛び続ける。低空と言っても、船にぶつからない程度の高さはある。

こうして空を低く飛び続けるのは、義継が寒がらないようにとのカリトンの配慮もある。上空を飛ぶともなれば、可なり寒いのだ。

前方に島が見えてきた。二人を乗せた天馬は、高度を上げる。場合によっては、此のように高度を上げる事もある。

　こうして義継が自宅に戻ったのは、夕方である。少し帰るのが遅ければ、外は完全に夜だ。幸い外は薄暗い程度で、今居る自宅の一室も同じ程度の薄暗さだ。

　突然、トントンとドアをノックする音がした。すぐに蛍光灯の明かりを点けた。

「誰ですか？」

　一体、誰なんだろう。此れから夜になると言うのに。

「淑子よ」

　此の時の征一の祖母にあたる淑子は、まだ義継とは結婚しておらず婚約中である。

　誰であるかは分かったのでドアを開けると間違い無く淑子だった。何か言いたそうだ。

「早くから何処行ってたの？　朝来たら居なかったけど」

「うぅ～ん、それは不思議な所へ出掛けてた」

　言ってしまったけど、更に詳しく説明しても分かってくれないだろう。

「其の不思議な所って、どんな所？」

「そうだな、天上の世界で翼を持った天の居る世界。天界かな」

「そんな世界、本当にあるの？　何処かで夢を見てたの？」

「そう思われても、仕方ないな」


義継の不思議な話は此処で終わった。聞いていた征一は信じ難い顔をしている。

「本当に、そんな世界があったのか、信じられない」

「婆さんは、今でもこんな話は信じてない」

「だけど、どうしてそんな世界、存在するの？」

「人々の想念が産み出したとしても、どのようにかは、儂には分からない」

人にはどう考えても分からない事がある。其の上、目の前で見た事が一般の現実と余りに違うと受け入れ辛い。義継の方としても、今でも天界での出来事が本当は夢の中なのではと思ってしまう事もある。

第三章　征一、ゼウスに会う

（一）ゼウスとの対面

義継の不思議な体験を聞いてから幾日か過ぎていった。

ある日、征一はまだ夜中でありながら目を醒ました。

部屋の中に、誰か居る感じがする。一体、誰なんだ。蛍光灯を点けてみると、目の前に現れたのは、背中に白い大きな翼のある人間だ。其の翼は畳んだままだ。其の者が着ているのは、古代ギリシャの衣装である。

ふと、後ろを見る。其処には、寝たままの自分がいた。

此れは何だ、一体何なんだ？　もしかして、いつか爺さんの言っていた事でも始まるのでは？

征一は驚きと動揺で混乱した。

「私は天界から来たカリトンです。あなたは今、夢の中に居ます」

「えっ、夢の中？」

「そうです。夢の中です。そうでないと我らの世界は受け入れられないからです。実際には存在しますがね」

「本当に、其の世界、存在する？」

「まず、着替えをしてください。案内しますから」

此れは、爺さんの言ってたとおりになっていくのでは。相手の言うとおりにしてみようか。

征一はそう心に決めると、出掛ける準備を始めた。

着替えをした後、カリトンは右腕を真っ直ぐ前に伸ばし手の平を前に向けた。すると、前方の空間に縦長の楕円形の黒い穴が開いた。其れを見た征一は、祖父の義継から聞いた話から此の先どうなっていくかは予測は出来た。

天のカリトンが黒い穴に入り、其の後を追って征一も入った。そして黒い穴から出ると、外は天界の景色が広がってた。青い空に浮かぶ白い雲、大地は緑の草原と森に覆われてる。

カリトンが二本の指を口の中に入れ、ピーと指笛を鳴らした。

上空の方に翼を持った白い天馬が見えた。其れは降下を続け、天界の大地にふわりと舞い降りた。征一はカリトンと共にすぐに天馬に乗った。

天馬は上空で羽撃き前へと進む。征一には、其の先、ゼウスに会うのは予測出来ている。途中、ナマクアランドのような花園にも寄った。其処では、征一は思う存分に駆け廻った。

再び天馬に乗った征一の目には、漸う白い建物が見えてきた。あれは間違い無くゼウスの宮殿だと思えた。そして宮殿近くまで来た天馬は、天界の地上に舞い降りた。

天馬から降りた征一はカリトンに付いて宮殿へと向かう。そして間近にまで近付いた時、宮殿の扉は何の力か分からないが自動的に開いた。それから宮殿の中へと行くと、前方に中年の男女二人が見えた。二人は古代ギリシャの衣装を身に着けている。

更に近付いた時、右側の男性が、

「私は天主のゼウスです。わざわざ遠くから来てくださって有り難う」と、挨拶をした。

此の時、征一はふと言うべき事が脳裏に浮かぶ。

「実は、私の祖父の高井義継が、若い頃にあなたと会った事があります」

ゼウスは、征一の言った事に対して、何とか思い出そうとしていた。

「いろんな人を此の世界に連れてきてるから、すぐには思い出せない。もし本当に爺さんから聞いてたなら、夢の世界に呼ぶ必要はなかったな。では、今度は実際の天界で会おう」

そうゼウスが言うと、目の前の二人も周囲の景色も白ばんでいき白一色となり、最後は黒一色の闇の世界に変わった。そして征一は目を醒ました。

其の時の征一は、余りに不思議な世界に行ったからか、夢の中の世界とは言え驚きで目を見開いていた。部屋の中は夜でありながら薄暗い。蛍光灯に付いた豆電球が灯っている所為《せい》もある。

もし義継に不思議な夢の世界での事を話したら、もちろん信じてくれるだろう。夢ならば淑子婆さんでも信じてくれるはずだ。でももし、本当に実際に天界に行ったなら、婆さんは信じてくれないだろう。

あれから幾日も過ぎたある日の早朝、それも外はまだ薄暗い状態の時、寝床の側に誰か立っている気配がした。

征一が目を醒ましてふと見ると、はっきりではないが古代ギリシャの衣装を身に着けた若い感じの男が立っていた。

「朝早くお邪魔します。私は天界から来たカリトンと申す者です」

寝たまま其の者の言う事を聞いた征一は、驚いて布団を撥ね除けて起き上がった。

そしてすぐに、蛍光灯の明かりを点けると、相手の姿がはっきり見えた。人の姿をしていながら背中に白い大きな翼が付いている。信じ難い不思議な生物だ。其の翼は折り畳んだままである。此れが現実と思うには無理がある。夢であった方が受け入れられる。もしかして、夢なのではとも思う。

征一はふと後ろを見る。寝ている自分の姿は無い。布団は撥ね除けられたままだ。

「信じられんように思ってますね。無理もありません。天界の者は地上の者とは違いますから。それで今日ですが、出掛けるには都合悪くありませんね？」

相手は征一の驚いている心の内を察しているようだ。

「今日は休みだけど」

偶然日曜日だが、天の者は其れが分かるのだろうか？　と、征一はささやかな疑問を抱いた。

「ならばよろしい。すぐに暖かい格好に着替えてください。空を飛びますから」

征一は相手を信じてすぐに言われたとおりにした。それには其れ程に時間は掛からなかった。ついでに、出掛けてから家の者が心配しないようにと書き置きも忘れない。

カリトンは急かすように、「今から外に出る。出たら、そなたは背中を窓から外に向けてください」と口早に言った。

背中を外に向ける？　何故か分からないが、カリトンの言うとおりにしてみる事にした。

窓から外に出たカリトンは翼を羽撃かせながら空中に留まっている。征一が背中を窓から外に向けると、カリトンは後ろから抱き、そして羽撃きながら空中に留まってる白い天馬の方へと行った。

征一は天馬の背に乗せられ、カリトンは其の後ろに乗りたづなを持った。

カリトンの此の一連の行動、手馴れているようだ。幾人も地上の人間を天界に送ったんだろう。

天馬は羽撃きながら飛び続ける。征一は下の街並を見る。家屋やビルが立ち並んでいる。其処を照らす陽の光は薄明かりから完全に明るくなった。

天馬がこうして低空を飛び続ける中、景色を見続ける征一はふと気になる事が浮かぶ。

「下の人間から、自分らの姿が見えませんか？」

聞けば気になる事だが、カリトンは、

「天は姿を透明にする力があります。だから気にしなくてもいいですよ」

と、安心させる言葉を言う。それも偽りでなく本当である。

気にし過ぎたのか、元々不思議な力を持っていると思った方がいいのか、征一は自身で心を落ち着かせようと努めた。

今まで征一が眺め続けてきた下の景色はビルや家屋の街並で、やがて海岸に至り過ぎて其れは途切れた。もう下を見れば海面ばかりで、上を見れば青い空に白い雲だ。

そんな景色を見続けるのは単調で詰まらない。

前方に緑に覆われた島が見えてくると、天馬は少しコースをずらした。

海と空の単調な景色を見続ける征一には、気分を晴れさせ面白くさせるものであった。こうして島を迂廻して飛び続ける事が、何度かあった。

それから何れ位飛び続けたのか、二人を乗せた天馬は空を上昇していく。其れに比例して涼しく寒くなっていく。征一は、暖かい服装をしてきて良かったと思えた。寒くなってきた反面、天界が近付いてきたとも期待する。

「寒くありませんか？」

征一には、半袖と膝上の一枚布の衣服のままの天のカリトンが気になってた。厚手の衣服の自分さえ寒いのだから。

「天には此れ位の寒さ、気になりません。私の事、余り気になさらないように」

自分は、人の事をちと気にする方か。彼に対しては、其の必要もないか。

征一は、人間と天の者との違いに未だ慣れないでいた。

上昇を続けると、前方の上の方に雲の塊が見えてきた。更に進めば、穴も見える。

征一は、其の穴が天界への入り口ではないかと予想する。もし天界へ入れば、寒くなりつつある今の状況から解放される。

遂に穴に入った。雲の中のトンネルは続く。此のトンネルの中は暗くなく却って明るい。それに征一が予想したとおり寒さから解放された。

進み続けると、前方に出口が見えてきた。雲のトンネルの中は明るいが、更に出口は明るい。征一は此れから行く天界はどんな所かと期待もする。

出口を出た。後ろを見ると、穴のある小さな雲の塊が見える。其れは入った時より小さい。乗っている天馬の上は青い空に白い雲。下は緑の草原や森。草原には、所々に花々が見える。より上空に昇っても、寒さは感じない。寒くないのは不思議だ。

天馬がより前方に飛んで進んで行くと、黄と赤の色の花が咲く花園が見えてきた。夢の中でカリトンに案内されて見たが、実際の花園の花や景色が見られる事に征一は感激した。しかし、此の天界にナマクアランドにうり二つな花園が、何故存在するのだろうという疑問も浮かぶ。夢の中で見たのも此れと同じだったたし。

天馬はふわりと花園に舞い降りた。そしてカリトンが降り、続いて征一も降りた。

「暫くの間、此の花園を見物してください。只、会って貰う方がいますので、いつまでもとはいきませんが」

カリトンが会って貰いたい方と言うけど、夢の中で会ったゼウスとヘラか？　とにかく、今は此の花園の花を見てみよう。夢の中ではなくて本当の花が見られるのだから。

征一は、こうして花園の花を興味を持って眺める事にした。そうして一つの事に集中していれば、知らぬ間に時間は過ぎ去ってしまう。

「もう行きましょう。遅くまであの方を待たせる訳にはいきませんから」

征一にとっては、もう少し花園の花と景色を眺めていたかった。しかし、カリトンにそう言われれば仕方ない。

再び二人を乗せた天馬は前方へと飛び続ける。そして下の景色は黄と赤の花園から緑の森と草原へと変わっていく。更に進むと、前方、白い宮殿が見えてきた。次第に、宮殿の上空を白い天馬や白衣装の天と天女が飛んで舞っているのがはっきり見えてくる。

遂に天馬は宮殿の前庭に舞い降りた。

それからの征一とカリトンは、天馬から降りて白い宮殿へと向かう。其の際、征一は気付いたのか、あるいは思い出したかのように上を見た。

白い天馬がゆったり翼を動かしている。優雅だ。それに、白い衣装を身に着け舞うように飛ぶ天も天女も美しい。此れらを見て、白がこんなにも美しいのかとさえ思う。もしかして我を歓迎する為に、此の日此の時の為に用意してくれたのでは……。

征一は目の前に広がる美しい光景に暫く浸った。

更に歩き続けて宮殿の間近にまで来た時、宮殿の扉が誰の手もなく開いた。そして開いた先の宮殿の中を見ると、古代ギリシャの衣装を身に着けた中年の男女二人の姿が見えた。右側が男性で左側が女性だ。征一は其の二人の間近にまで近付いた。

「私が天界の天主のゼウスだ。隣に居るのは私の妃のヘラ。そなたが此処まで来られたのは、大変だったと思う」

「はい、そうです。特に乗っていた天馬が天界に近付いた時は、高い空の上だったので寒かったです。それでもカリトンに前以て暖かい服装をと言われていたので、助かりました」

「そうか、地上の人間にとって空の高い所は大変だな。天の者にはどうって事はなくてもな。確かな……、夢の中で一度会ったな」

「会いました」

「其の時、そなたは爺さんが若い時に来た事があると言っていたな」

「言いました」

「色々と詳しく話しても分かりそうだな」

「分かると思いますが」

「それよりも、カリトンをそちらに朝早くに行かせてしまったが、朝の食事はしたかね？」

「余りに早くに連れ出されたので、してないです」

「やはり、そうか。ではカリトンに食事の場所に案内して貰う事にする」

案内された部屋は白い大理石で覆われた部屋だ。白一色の世界と言える。

暫くして古代ギリシャの白い衣装を身に着けた天女が食事を持ってきた。其れをテーブルの上に置いていく。パンも副菜もヨーグルトもある。征一はさっそく食べ始めた。

パンを最初に食べてみる。硬目だ。地上の自分の国のパンの方が柔らかく美味しい。次に副菜を食べてみる。塩味の単調な味だ。多種多様な調味料で味付けした自分の国の副菜に比べれば劣る。それでも食べられない程に不味くはなく、出してくれたからには有り難く頂いていく。

食事も終わり、ゼウスとヘラの居る場所へと戻った。

「食事はいかがでしたか」

そう尋ねるのはヘラである。

「中々良かったです」

でも此れは嘘。本当は味は不味くはないが少し落ちると言いたい。でも付き合いだから必要な嘘かもしれない。

「そうですか」

其の一言を言うヘラの顔に笑みが見られる。喜んでいるようだ。

「儂は元は地上の人間だが、今は天界の住人。それで不思議な力を持っている」

そう言うゼウスの肩から白い大きな翼が出てきた。隣のヘラもだ。

「此れで空が飛べる。不思議な力はもう一つある」

「其れは何でしょうか？」

不思議な力とは何なのか、其れを今見せるのか？

征一は期待と困惑をにじませ、前を見据えた。

ゼウスは右腕を真っ直ぐ前に向け手の平を前に向けた。其のすぐ前に薄い四角の板が現れた。其れは宮中に浮いている。予想すら出来なかった不思議な力だ。板を見ると、地図の画像が見られる。

右にトルコの陸地、左にはギリシャの陸地、中央は幾つもの島のある海だ。其の海の南には、大きなクレタ島がある。ゼウスは、一体、何の為に見せているのか？

征一はゼウスの次の言葉を待った。

「画面の右がヒッタイト、左がギリシャ、其の間の幾つかの島がある海と下の南の方のクレタ島が儂が王として治めていたクレタの国の領域だ」

「領土が、海に散らばっているんですね」

「そう。だから他の国に島が盗られる危険がある。大きいクレタの島を除けば、皆、小さい島だ。ヒッタイトに狙われ、ギリシャに狙われる。ギリシャの場合、幾つかのポリス（都市国家）に分かれていて恐れる存在でないようだが、それでも強力なポリスは小さな島一つは盗れる」

「じゃあ王として、いつもいつも気になって安心出来なさそうですね」

「其のとおりだ。しかし、そなたは人の気持ちを知ろうとする方だね」

「人と上手にやっていくには、相手の心を知ろうとするのが必要だと思っていますから」

そう言い終えた征一の顔を、ゼウスはじっと眺めてくる。征一は何かと思う。もしかして、自分の顔の相の中の心を知ろうとしているのか？

「そなたは中々良い心を持ってる。顔の相が良い。身の上話をしても、分かってくれそうだ」

「身の上話なら、じっくり聞く方なので、話してください」

「ならば話そうか。王になる前の王子の時の事だ。島の散らばる此の海域を警備した事がある」

「それで、どんな事が？」

「いつもは何も無い事の方が多い。だが其の日はいつもとは違っていた。他国の軍船が島の近くに居たのだ。それで其の国の軍船と一戦を交える事になった。其の後、どうなったと思う？」

「本当に一戦を交える激しい戦いになった」

「残念だが違う」

「違うって？」

「実は、相手が一戦も交えず逃げて行ったのだ。其の訳は、クレタの軍船だと知ったからだ。クレタの民は、周辺の国々からは海の民として恐れられている。それだけ強いのだ。それも強くなければ、小さい島々を守れない」

「どうして強いのですか？」

征一は強いと聞けば、其の秘密を知りたい気になる。

「もちろん、何もしないようでは強くはなれない。儂も若い王子の頃は軍事訓練に参加していた。それは本当にきつく辛かった。今思い出しても、其の辛い状況が浮んでくる」

「そんなに辛かったんですか」

「辛い、本当に辛い。それでも、こうして辛い軍事訓練を受けていたのには訳がある」

「どんな訳が？」

「もし島を盗られたら、島に住む者達は行き場がなくなり、他所の支配者の酷い支配に遇う場合だってある。それでは島に住む者達の良い生活は守れない」

「王様が国を守るって、大変ですね」

「まあ、そんなところだね。そうだ、一つ儂の不思議な力を見せよう」

「不思議な力？　其れ、何？」

ゼウスは、何を見せようとするのか？　征一には想像も出来なかった。

ゼウスは浮いている地図の画像に向かって右腕を伸ばした。其の時、手の平は前を向いている。地図の画像がゼウスの手の平に向かって吸い込まれていく。そして画像の板は無くなった。

ゼウスの言っている不思議な力が此れでないとしたら、何だと言うのか、征一には見当もつかなかった。

「濃やヘラの方を見てみろ」

今まで、二人の着ていた古化ギリシャの衣服が他の衣服に替わっていく。思い出したが、古代ギリシャの衣服はキトーンと言うそうだ。そして完全に別の衣服に替わった。

其の衣服は、古代クレタの服だ。図鑑か何かの書物で見た事がある。此の時、既に目の前の二人の翼は体に引き込まれていた。

二人共、上半身は縫製した半袖の服を、下はスカート状の物を着けていた。男性の方は下の丈の長さは短めだ。そして男女とも長髪である。

「儂と妻は生きていた時は大陸のギリシャの服ではなく、こうしたクレタの服を着ていた。じゃ、次は若い頃の姿に変わってみるか」

ゼウスもヘラも顔が若返っていく。衣服はそう変わらないが、ヘラの方は胸出しの姿に替わった。古代クレタの女性の着こなしだ。其れも何かの書物で見た事があった。だが突然、前の古代ギリシャの衣服に変わろうとした。そして二人共、顔も老けた中年顔に変わった。

「何の力が働いているのか、ギリシャの服装に変わってしまう。カリトンが連れてきた地上の人間に聞くと、人々の想いの力が働いていると言っていた。二人はクレタの人間なのに、ギリシャの人間と思われている」

「実は、自分も前は、二人をギリシャの神様だと思っていました。今は人間でクレタの人だと思っています」

「そうか、そなたも多くの地上の人間と変わらなかったか」

「そうですが」

「そなたは色々話しても分かって貰えそうだな」

「そんな気がします」

「ならば、此れから儂の幼少の頃からの事を話そうと思っている。此処で立ったままだと大変だから、座れる物のある部屋へ移ろう」

ゼウスとヘラに案内された部屋には、テーブルとソファーのような椅子がテーブルを挟んで一つずつ二つ置かれてる。其れに掛けられた布は上品で柔らかな白い布だ。実際座ってみると柔らかい。中々いい。

「此の柔らかい椅子、クレタやギリシャにもあるんですか？」

征一は、実際はどうなのか、知りたくなった。

「そんなの、クレタにもギリシャにも無い」

「どうして？」

「多分、地上の人間の想いで其れが此処にあるようにしてるんだろう」

「そうですか」

征一には考えてみれば不思議な事だが、そうだと信じてみるしかない。

既に座っているゼウスは、幼少の頃からの事を話し始めた。其の彼の隣には、妃のヘラが座っている。

征一はゼウスの話から、当時のクレタの宮殿の中の情景を思い浮かべた。クレタの人々の着ている衣装や文化は、書物などで知っている。クレタの女性の胸出しの独自の衣装も頭に浮かんでくる。

（二）ゼウスが語る生い立ち

宮殿の中の庭園を遊び廻っているゼウスとヘラ。当時ゼウスは六才、ヘラは九才。父だと思っていた大王はアステリオス。ヘラにとっては、実の父である。そしてゼウスの母は側室のレアー、ヘラの母は正室のエウロペである。

尚もゼウスはヘラの後を追い続ける。でも、追い付けない。

「待って、待って」

そう叫ぶように言うのは弟のゼウス。

「追い付けないの？」

そう言うのは姉のヘラ。

「僕、ちっさいから、追い付けない」

「仕方ないね」

「無理だよ」

「じゃあね、もっと大きくなろうよ」

「大きくなれる？」

「なれる」

此の時、ゼウスには前から言ってみたいと思ってた事がある。

「本当は」

「何？　ゼウス」

「姉ちゃんを嫁さんにしたい」

「えっ、無理だよ。姉弟だから」

「駄目か」

此の時、二人のすぐ側に、守り役の男性が居た。彼の役目は遊んでいるゼウスとヘラを見守る事だ。遊んでいる庭園で事故や怪我が起こるかもしれない。其れを防ぐ為の守り役である。

「そんな事、ありませんよ。結婚出来ます。本当の姉弟でないから」

「えっ、本当の姉弟でない？」

ゼウスは驚きと疑問で声を上げた。

「今言った事、私が言ったというのは内緒にしてください。只、あなたが大人になれば、気付き知る事ですので」

「そう」

母レアの元に戻ってからのゼウスは、あの事を母に尋ねた。

「今のお父さん、本当のお父さんではない？」

「其れ、誰から聞いたの？」

母はきつそうな顔をしてそう言った。

「知らない人」

「知られてしまっているんだね。じゃ、本当の事を教えてあげる。本当のお父さんは、あなたを殺そうとした。だからあなたを守る為、逃れて今のお父さんの所に来た。詳しい事は、あなたが大人になってから話してあげる」

母はゼウスに対して、パッパッと話し終えてしまった。もう此れ以上聞くなという雰囲気も、感じられる。

それから年月が過ぎ去り、十五才になったゼウスは再び父親に関する話を聞いた。もしゼウスが幼かったなら、此れから話す母のレアの話は、おどろおどろしく怖い内容に感じられてしまう。それがもっと幼い三才ならどうだろう。余りの怖さに泣いてしまうだろう。

母はゼウスにとっての実の父クロノスと結婚する前の事から話し始めた。

母レアは元はギリシャのポリスの王女であった。其のポリスを力で抑えていたのがクロノス王のポリスだ。其のポリスはレアのポリスだけでなく、周辺の幾つかのポリスも従えていた。

ある日、クロノス王からレアのポリスに要求があった。

レアをクロノスの元に嫁入りさせよとの事だ。いわゆる人質だ。そうしてレアのポリスがクロノスのポリスに反逆させないようにするのだ。

レアにとっては、クロノスは好みではない。傲慢で品性も悪い。力ずくな性格だ。本当は、結婚相手としては拒絶したい。しかし拒めば、弱少なレアのポリスはどんな痛い目に遇わされるか分からない。

クロノスには、もう既に二人の妃が居る。どちらにも既に子は居るが、正室には後継となる十七才の長子のハデスが居た。それで妃としては低く扱われる。

当初レアは、クロノスとの夜の男女の営みを拒絶していた。しかしクロノスの強引な要求に屈してしまい、男女の交わりをせざるを得なくなった。そうして其れを何度も何度も繰り返して子を孕み、後、月日が過ぎ去りゼウスが生まれた。

それからは諦めもあるが、少々の事なら目を瞑れば平穏な日々が続くと思っていた。ある日、其のレアの想いを打ち砕く突然の出来事が起きた。レアは予想すらしていなかった為、余りの事に驚愕した。

長子のハデスが、クロノス王に反感を持つ家臣達と共に王宮を占拠してしまったのだ。当然、命の危険を感じたクロノス王は腹心らと共に王宮を去っていった。後、王の正室とレアを含めた二人の側室は、ハデスの監視の元に軟禁されてしまった。

レアには侍女のメリッサがいる。彼女はレアが実家の王宮に居た時からの侍女である。クロノス王の側室となった後も、レアの侍女として仕えた。

軟禁が続く日々。

ある日、メリッサは先々の事で何か進言しようとする。

「レア様」

「何ですか、メリッサ」

「いつ、何があっても逃げられるよう用意をしておいてください」

「それでどんな用意を？」

「此の袋に金目の装身具や装飾品を入れておいてください。此処を出ても、日々の食べ物を手に入れるのは必要ですから」

「どうも有り難う。そうしておきますわ」

更に軟禁の日々が続くが、ある日の早朝、レアと待女のメリッサは騒がしさで目を醒ました。

「一体、何があったの？」

レアはメリッサにそう尋ねる。状況を知りたいのだ。

「今はまだ、私にも分かりません。部屋を出てみないと」

更に騒がしさは激しくなる。

其の時、一人の兵が入ってきた。

「お逃げください。クロノス王はハデスだけでなく、他の子達も殺している。幼児でも殺されている。早く」

「あなたはどちら側の？」

レアはどうしても知りたい。

「クロノスの側だが、子を殺す事は出来ない。もう既に居なかった事にするから、お逃げください」

レアとメリッサは、戦闘と殺戮の最中の王宮を隙を見て何とか逃れた。逃げるレアの胸にはまだ乳児のゼウスが、メリッサの手には金目の物を入れた布袋が握られていた。二人は急いで駆けていき、後ろの王宮はだんだんと小さくなっていった。二人の向かう先は、レアの生まれ育った王室のあるポリス（街）である。

駆けるように足早に歩き続けていけば、疲れてくる。其の為、時には休む必要もある。レアとメリッサは身を隠す場所を捜して休んだ。でも、休んでばかりいる訳にはいかない。夕暮れになるまでに実家の王宮に戻らねばならない。休む事をしながらも歩き続けて、何とか王宮のある街にまで辿り着いた。其の時は既に夕暮れに差し掛かっていた。

街は城壁に囲まれている。王宮は其の中にある。城壁の中に入ったレアとメリッサは、疲れた体に無理をさせながらも駆けるように王宮に向かっていく。そして王宮の中に駆け込むように入った。

レアは王宮の中で父で王であるアイオロス、母で王妃であるアドナと会った。父王アイオロスは此のポリス・ザゴラを治めている。

アイオロスは娘のレアを見て驚く。可なり疲れ果てている。無理して駆けるように歩いて来たのが分かる。胸には、赤子が抱かれている。ならば、尚更大変だったであろう事は想像出来る。

「何かあったようだな？　大変そうに見える。話してみなさい」

アイオロスは、心配する父として何があったのか知りたい。彼の表情には、心配する心が顕《あらわ》になっている。

「王の子のハデスが反乱を起こし、反対にクロノス王に殺されました。それだけでなく、王の他の子達も殺された。此の抱いている子だって、殺されるところでした」

「そうか。子を守ろうとして逃げてきたのだな」

「そうです」

「それでクロノス王は生きているのか？」

「確かめてはいませんが、生きています」

アイオロスの表情は、今迄より可なり険しくなった。其の横に居る母のアドナの表情はより心配そうだ。それだけクロノス王は、冷酷で残酷だ。情けなど無い。

「今日はもう夜だから、食事をして寝なさい。明日の朝早く、逃げる先を言う。ついでに、先々の生活の為の金目の物を渡す」

「分かりました。お父さま」

もしアイオロスが父でなかったなら、レアに対して関わるのも恐れて即追い出したかもしれない。もしくは、保身の為に首を刎《は》ねてクロノス王に差し出すかもしれん。父だからこそ、アイオロスはレアを受け入れた。それでもいつまでもレアが居ると、共にクロノス王に殺され此のザゴラも滅ぼされてしまう。

翌日の早朝、外がまだ完全に明るくはなってはいない頃、レアは侍女のメリッサを伴って王宮の中の父アイオロスの居る所に行った。レアの胸には、赤子のゼウスが抱かれてる。

其処には父アイオロスと母アドナも居たが、もう一人誰か居る。其の者の腰には鞘に入った剣が下げられていた。

「此の者を知っていると思うが？」

アイオロスはレアに尋ねるように言う。

「アレコスですね」

「そうだよ。彼は子供の頃、両親を亡くし、私が引き取った。今では身の回りの世話や護衛までしてくれる忠実な家臣だ。逃げる先のクレタ島まで行ってくれるよう言ってある」

「なら、少しは安心出来ます。女二人では心細い。何処で襲われるか分からないので」

「アレコス」

アイオロスはアレコスを呼ぶように言う。

「何ですか、王様」

「此処を出て、クレタ島に行ったら、其処で此の二人と共に隠れて住んで欲しい」

「えっ、どうしてでしょうか」

アレコスにとっては、先の話と違う気がした。どうしてかと疑問にも思う。

「クロノス王は此のザゴラを必ず滅ぼす。戻った時には、ザゴラの街も王宮もない。それに、そなたは今だ独身で身寄りが無いそうだな」

「そうですけど」

「ならば、レア達とクレタ島に隠れ住め」

「分かりました。仰せのとおりにします」

此の後、アイオロスはレアの一行に袋に入った粒の銀や金目の物、それにパンや焼いた干し肉などの食べ物を渡した。此れらは、昨夜の内にアイオロス自らが用意したものである。

レアとメリッサは朝食を食べてはいない。すぐに逃げねばならないから、道中で食べるしかない。

こうして用意も整って王宮を離れる時、母のアドナはレアに何か言おうと間近にまで近付いた。彼女の目と表情は何か訴えようとしているように見える。

「クロノス王は冷酷で恐ろしい方だけど、何とか逃げてね。何とか……」

母は娘に対して、道中でクロノス王の手の者に捕らわれないか心配のようだ。レアは娘として、其の母の気持ちがよく分かる。レアも、実際思えばクロノスは恐ろしい。

「大丈夫、私は運の良い方だから」

母を安心させる為、こう言っているがレアとて恐ろしい相手は恐ろしい。レアはクロノス王の王宮に居た時、疑った相手をクロノス王が平気で殺しているのを見た事があった。

すぐにレアは同行する者達と共に王宮を出た。向かうべき所は、クレタ島に行く船のある港で、其処はザゴラの領内でアイオロス王とも関係のある海商の船が幾艘も停泊している。

レアもメリッサもアレコスも駆けるような歩きで港に向かう。メリッサとアレコスは此れからの生活に必要な物の入った袋を、レアは赤子のゼウスを抱えている。其のような状況で急いで行動するのは大変だが、クロノスの手下が何処かに潜んでいるかもしれない。其れ故の不安もある。それでも、クロノス王の居るティタンから実家のザゴラの王宮への距離に比べると短い。

三人は、港で何とか船に乗り込んだ。

暫くすると、船員の一人が着替えを持ってきた。クレタ島で着る服だ。ギリシャの服とは違う。三人には、クレタ人になり済ませという事のように思えた。

順調な航海の末なのか、天候に恵まれていたのか、船は無事にクレタ島に着いた。港に居る人々を見ると、ギリシャの人々とは違う衣服を着ている。中にはクレタ島の衣服とは違う衣服を着ている人が居るが、大方の人々はクレタ島の衣服だ。そして此方三人はクレタ島の衣服を着ている為、外国人とは見られてないようだ。

三人にとって気になるのは、先々の生活だ。其の際、レアとアレコスにとって当てになるのはメリッサだ。彼女はクロノス王の宮殿に居た時もアイオロス王の宮殿に居た時も、クレタ島の商人に接して言葉や習慣に作法も身に付けてきた。

先々の生活をと言うなら、住むべき場所を捜さねばならない。それも身を隠すのに良い場所を。そうした場所を捜そうとクレタ島の森の奥へ奥へと進んで行く。そして泉があり洞窟のある場所を見つけた。後は日々の食糧の確保だ。食糧としてはザゴラの宮殿で貰った分があるが、其れも残り少なくなったある日、メリッサは思い切って洞窟を出た。此の時、彼女は銀の粒の入った小袋を手に持っていた。

本当は、メリッサも不安が無い訳ではない。此のクレタ島であっても、クロノス王の手下に見つかる危険はある。手下がクレタ島の者に扮する事はありうるからだ。

そうした不安がありながらも、メリッサは木々を避けて森を歩きに歩き続けると、遂に森を抜けた。日の前には草原が広がっている。更に其の向こうには、村の家々が見えた。

こうして眺め続けるメリッサの目に、十数頭もの山羊を引き連れた父子の姿が見えた。子の方は男の子で成人していないが背丈はある。不安はあるが、メリッサは思い切って近付いてみようとした。そうして相手の間近にまで来た時、メリッサは銀粒を左手の小袋から右手の平の上に載せた。

「此れで乳の出る雌山羊と食べ物をくれませんか」

山羊飼いにとっては、急に何を言ってきたのだろうと思えた。

「山羊や食べ物なら、街の市場に行けば良いが、どうして此処で？」

そう言われて、メリッサはどう答えたら良いかと暫く黙り込んでしまった。

長い沈黙を破って何とか、

「どうしても……、人前に姿を現わせないんです。其れには……、訳があって」と、言う。

「そんじゃあ、仕方ないな。望むとおり乳の出る雌山羊と野菜に小麦を上げる。野菜と小麦は息子に持ってきて貰う」

「有り難うございます。本当に助かります」

此の時のメリッサの顔は、ほっとした安堵の表情だ。どうしても必要な物が得られたから、暫く生活の心配はない。

「それで聞きたいが、都の大王様に反逆して隠れているのではないな。もしそうなら、此方としては関われなくなる」

メリッサはハッとした。素性を言わなくてはならないかもしれないから。

「そんな事はありません。他所の国から逃げてきたのですから」

「そうか、そんな事情があったのだな。マキス、聞いていたと思うが、持てるだけの野菜と小麦を持ってきてくれ」

「分かった」

此の日はこうして食糧を確保出来た。しかし、先々持っているだけの金目の物や銀の粒でどれだけ食糧を得られ続けられるのか？　メリッサにはそんな不安もあった。

それから後も、メリッサは食糧が少なくなる都度に村の者に何度か会った。

だがある日、山羊飼いが、

「そんなに隠れて住み続けるなら、村長を通して大王様に救出を御願いしようと思うが」

と、言ってきた。

「それは……、いいです」

メリッサは貰った食糧を入れた布袋を背負って、森の奥へと駆けるように去っていった。メリッサには不安があった。クロノス王に引き渡されるかもしれない、と。クレタ島の大王に救出されても、クロノス王のティタンに渡されてしまう事も考えられる。

クロノス王は冷酷なだけではない。力による脅しを背景に繋がりを作っていく巧妙さもある。

それから幾日か後、村長の要望を受け入れて王宮で編制された捜索隊が森の中に入った。土地勘のある地元の者による案内があったのか、其の日の内にレアとゼウスの母子にメリッサとアレコスの四人は発見された。地元の者なら、隠れ住むには洞窟と泉のあるあの場所であるのは予測が出来る。

そんな捜索隊を初めて見た三人は、当初不安な気持ちであった。もしかしてクロノス王の手下か息の掛かった者達か、それともクレタ島の王がクロノス王に我らを渡してしまうのか、そんな気持ちがあった。しかし、相手が自分達を救おうとする気持ちがあるのを知って、三人共々ほっとした安堵の気持ちに変わった。

クロノス王のティタンは、ギリシャでは周辺の国に圧力を掛ける強い国だ。時には、内政干渉をし武力で脅したりもする。だから、レアもメリッサもクレタ島の国はティタンに脅されるのではと思う事もある。本当はクレタ島の国はそんな事はなく強い国ではあるが、レアもメリッサもそんな事は余り知らない。

レアとゼウスの母子はこうして王宮の者達によって救出された。もちろん、救出の手はメリッサとアレコスに対しても同じである。

此の時、アステリオスはまだ太子であったが、正室のエウロペとの間の子として娘のヘラと息子のニコラオスが居た。アステリオスはレアとゼウスの母子を守る為、レアを側室としゼウスを養子とした。

クロノス王は他国に間者を派遣する。間者は派遣された其の国の者に成り済まし命を狙う。クレタ島は軍事強国ではあるが、そんな間者から命を狙われた者を守るのは難しい。

王宮こそ、レアとゼウスの守られる場所だ。

あれから十五年が過ぎた。

六才年上の義理の兄のニコラオスは太子となり、ゼウスは後継者である彼を支える役割を担う事になった。

ある日、ゼウスは海軍司令官のゼノビオスと共にクレタの国の海域の島を視察しに出掛けた。

本当は、義理の兄のニコラオスも共に出掛けたがったが、父王のアステリオスに、「王子が二人も出て行ったら、何かあった時、王子が二人居なくなってしまう」と、気にされて拒否されてしまった。

ゼウスが司令官ゼノビオスと軍船で共に向かったのは、クレタ島の北の海域で幾つもの島があるが、其の内の一つである。クレタ島に比べれば小さいが、小島と言える程ではなく大きい。島内には街や村が幾つもある。

其の島が近付くと、城壁に囲まれた漁村が見えてきた。大きいクレタ島だと、街や村に城壁は無い。

「村が城壁に囲まれているけど、どうしてですか？」

ゼウスは隣に居るゼノビオスに尋ねた。ゼウスにとっては、壁に囲まれた集落を見るのは初めてだからだ。

「他国や海賊に襲われない為だ。商船や軍船の停泊する港のある大きい街は、大陸の国と対面する場所にあるが、あの村は反対側だ。だから気付かれない為に海賊に襲われ易い」

島の城壁のある村に、船は段々と近付いてゆく。そして更に大きく見えてくる城壁は、他所者を寄せ付けない威圧を感じさせる。

ゼノビオスとゼウスは島に上陸した。其の後を二名の兵士が続く。村に入るには、城壁の入り口を潜らなければならない。

入ると、村の中は静かだ。村が静かなのは、男達が漁などに出てまだ帰っていないからかもしれない。更に進むと、広場が見えた。其処では、女達が弓矢の練習をしていた。他所の者なら、女達がどうして弓矢を手にしているのかと思うだろう。

ゼノビオスはまず挨拶をと近付く。もちろん、彼女達にどうしても聞きたい事もある。

「こんにちは、私は海軍司令官のゼノビオスです」

「海軍の司令官がわざわざ此の村に」

「まず、村長に会いたい」

「村長は今いませんが、村長の妻である私が」

「そなたの名は?」

「村長アゲロスの妻、アナです」

「見渡したところ、村の中に人がそう居ないようですね。もしかして、男達は漁に出ているのかな?」

「もうすぐ帰ってきます」

「そうですか。此の村の事ですが、最近、海賊に襲われたそうですね？」

「そうです。でも幸い、女達だけで弓矢で撃退しました」

「それで、其の時は男達は？」

「男達は漁に出ておりません。だから、女達だけで。あなたも見たとおり、女だけ弓矢の練習しているのが分かるでしょう」

「えぇ、分かります」

「今から、私の娘のカロリナを呼びましょう。カロリナ来て」

カロリナは弓矢を手に持ってる。着ているのは普段着で上は半袖に下は長めのスカートだ。此処に居る女達は、全てこうした服装である。

「腕前を見せて」

「分かりました」

カロリナは的に向かって幾つもの矢を放った。全て命中だ。此れを見たゼノビオスとゼウスは女ながらと感心する。

「本当は、みなさんが弓矢の練習をしているのを見て、何で女達の手で村を守らなければならないのかと思いました」

そんなゼノビオスの言葉を聞いたアナは、

「此方とて、こんな事せずに済めば良いと思っています」と、答えた。

其れを聞いたゼノビオスは、此処に至るまでの何らかの状況と事情があったのではないかと、暫く考え込む。

彼女に、どう聞けば良いのか、適当な言葉はあるのか？

「どうしてこうした状況になってしまったのか、どうか教えてくれませんか？」

アナの方も、どう話せばと暫く考える。

「昔は、此の近くに大きい街がありました。其の港には、商船や軍船も泊まっていました。でもある時、街は島の反対側に移ってしまい守ってくれる軍船も居なくなってしまいました」

「分かりました。此の近くに軍船を置くよう、都の大王様に進言します」

「そう言ってくれると、本当に助かります」

ゼウスには、村長の妻であるアナの顔は、ほっとした安堵の笑顔に見えた。

此の後、帰りの船の中でゼウスがゼノビオスから聞いた話だが、大きな街が移ったのは海の向こうの対岸が隣の国だからと言う理由との事。そして今では、街を移す以前より金の稼ぎが増え繁盛してるそうだ。だから、増えた稼ぎの一部を軍船の駐留費に充《あ》てると言っていた。

ゼノビオスは戦いだけでなく、軍の費用や国の財政まで分かっているようだ。金がなくては軍は動かせないし。

それから後の日々は、ゼウスにとっては普段と変わらぬ日常が続いた。義兄のニコラオスは大王である義父アステリオスを助ける為、政務に励み、ゼウスは其の補佐をする。

ある日、そんな平穏な日々を打ち破る出来事が王宮に知らされた。其れは、大陸のギリシャに近い小島の住人が拉致誘拐されたとの突然の知らせだ。其の影響を受けて王宮の中で人々は騒ぎ慌てふためいた。

小島は元々クレタの国の領土であり、僅かではあるがクレタの人々が住んでいた。しかし、ある時からクロノス王のティタンの人々が其の王の圧政を嫌って移住してきた為、大王アステリオスは其の者達の移住を認めクレタの国の民とした。

だがクロノス王は、其の小島はティタンの国の人達が住んだ島であり我が国の領土であると主張した。そして、拉致誘拐した者達を返して欲しければ、其の島を返せと要求してきた。

王宮は其の対応に揺れ、大王アステリオスはどうしたら良いかと悩んだ。そうした中でティタンとの戦争を叫ぶ者さえ居た。しかし拉致誘拐された者は人質であるから、戦争などしたらティタンの手によってどうされるか分からない。其の為、何の対応も出来ないまま只一日一日が過ぎてゆく。

そして幾日か過ぎたある日、
クロノス王の王宮に出入りしているクレタ商人のダミアノスが、王宮に居る大王アステリオスの前に現れた。

「クロノス王に攫われた島の住人の事で、悩んでいるようですね。此方には、クロノスの王宮に潜入する手立てがあります」

「えっ、そんな方法があるのか？」

驚きの顔のアステリオスにとっては、先の見えない暗闇に一条の光が差した感じだ。何より、人質にされた島の住人を救い出したい気持ちがある。それも王として。

「実は、ティタンのクロノス王はクレタ人の給仕を募集しております。其れを此の私に頼んできました。其の王が更に言うには、ティタンの者やギリシャの者だとどうも礼儀作法に疎く野暮ったいそうだ。それでどうしても、給仕はクレタ人をと」

「そうか、其れなら潜入するには一番だな」

アステリオスは、チャンスとばかりに可なりの名案に感心する。

「それに、クロノス王は猜疑心が強いが、一旦信じると信じ込んでしまう騙し易い面もあります」

「ならば誰を潜入させようかな……。可なりの危険もあるし……、ばれれば一巻の終わりだ」

危険で一人でなさねばとなると、誰にするかで可なり迷う。しかし、誰か一人決めねばならない。

「ニコラオスは太子で大事な後継者だから駄目だ。それに向こうに顔が知れている場合もある。なら……、誰にするか？　公表も公募も秘密裏に進める事だから出来ないし。我一人で決めるしかないか。よし、ゼウスに頼むか。本人も此の事件、何とかしたいと言っていたし。決めた、ゼウスだ」

そう言うアステリオスは、閃いたような顔をして心が定まったようだ。

「ゼウス様なら間違いありません。彼に私の家で給仕の訓練をさせてみせます」

「そうか。多分、本人も受け入れてくれるだろう。頼んだ」

「任せてください」

其れ以降、商人ダミアノスの元で幾日か掛けて給仕の技量を身に付けたゼウスは、ダミアノスと共に船に乗りティタンに向かった。此の時、クロノス王の王宮で名乗るゼウスの偽名も既に決めていて、ゼノンとする事にしていた。

ティタンの港に着いたダミアノスとゼウスは王宮に向かう。街は城壁に囲まれてるが、更に前方の王宮は堅固な城壁が築かれている。

クロノス王は用心深いから、城壁の中に更に城壁を作っているのか。王宮に向かう道は、歩むにつれて少し上り坂になってきている。更に進むと、勾配は急だ。もし大きな岩が転がされてきたら、下敷きになって一巻の終わりだ。クロノス王の王宮は、敵には攻め辛い構造に成っている。

王宮に入った二人は、謁見の間で待たされた。

こうしてずっと待っていると、色々な事を考える。此の時のゼウスもそうだ。我にとっての実の父のクロノスはどんな人なのか？　彼は自分の子供達を殺してしまったので、心が怪物のイメージだが、其の姿はどうなのだ。

待たされ続けて二人の気分が落ち着かなくなってきた頃、王らしき者が入ってきた。

それがダミアノスの方へと近付く。

「待たせたな。身を整えるのに時間が掛かってしまった。私がティタンの王クロノスだ。そなたは確か……、商人のダミアノスでは？」

「はい、仰せのとおり私がダミアノスで御座います。今日は、王様の望むとおり給仕志望の者を連れて参りました」

「其の者は、間違い無くクレタの者か？」

語気は命令調のようにきつい。心に恐れさえ感じる。只、ダミアノスとしては馴れてる。

「使ってみれば分かります。間違い無くそうです」

「まっ、そなたは信用出来るからそうだろう」

「私は商人ですので、信用されなければ商売は成り立ちません。長年、此処に出入り出来るのも、王様が信用してくださるからです」

「そうだな」

「そう、分かってくだされば……」

「今まで、ティタンの者やギリシャの者を使ってきたが、何とも不作法だった。其の代わり、給金は安く済んだけどな」

今までダミアノスに目を向けてたクロノスは、今度はゼウスに目を向けた。

「そなたの名は？」

「ゼノンと申します」

「そうか、覚え易そうな名前だな。ダミアノス、もう一度聞くが、此の者は任せて大丈夫なのか？」

「大丈夫です。私の家で給仕の訓練をさせておきましたから」

「お主は抜かりの無い奴だな。今まで、雇った奴は当たり外れがあったからな」

ゼウスは此の日から、クロノス王の元で給仕の仕事を始めた。其の働きぶりをクロノスは見ていた。

中々仕事の肌理《きめ》が細かいな。前のティタンかギリシャの者だと、其れ程細かくしっかり仕事をしない。だから辞めさせたけどな。前の者より給金を高く払っているけど、其れなりの価値はある。

ゼウスは此の日以降、毎日変わらぬ給仕の仕事を続けていく。だがある日、突然、ゼウスが予想もしない事をクロノスが言ってきた。それには少し驚きもあった。

「のう、儂には後継者が居ない。どうしてか分かるかな？」

「確かに、王子や妃を見掛けない。どうしてか分かりません」

「なら、話そう。昔、正室の子で長子のハデスが居た。彼は王宮内の反対勢力と手を組んで儂を殺そうとした。それでハデスを殺し其の他の儂の子達を殺したり追い出したりした。其の時、妃達も逃げてしもうた。後は只、儂がより長く生きるだけだ。それで聞くが、不老不死の薬は此の世にあるか？」

此の時、ゼウスはどう答えようかと悩んだ。もし下手な答えようをしたら、命が無い。そうして考え続けて、漸う言うべき答えが浮かんだ。

「不老不死の薬を求める話は聞きますが、見つけた話や手に入れた話を聞いた事は御座いません。もし本当にあったのなら、何処かで血が流される争いが起きる事でしょう。そんな争いの話さえ、聞いた事が無いのです。だから、不老不死の薬は無いのです」

「そうか、そなたは可なり正直な奴やな。前聞いた奴なら、あると答えた。それで問い詰めると嘘だと分かり、そ奴の首を刎ねてやった」

ゼウスには、此の時の首を刎ねてやったという言葉がずっと恐れとして心に残り続けた。此の話が実際、本当か冗談かは分からないが怖い。それでも、普段と変わらず給仕の仕事をし日々を過ごした。

此の時、思い出したのが養父アステリオスの言葉だ。

「下手な事を言えば、命が無い。クロノスは恐ろしい人だ。外見は人間だが、心は怪物だ」

此の言葉が心にこびりついたゼウスは、身も心も震えた。もし一言違えば、アステリオスが言ったように命が無くなってたかもしれない。それでも、後の日々は平静を装い続けた。そんな中でふと思う。給金が高くても、不安を感じる雇い主の元に毎日居るのは、と考えてしまう。

其れから幾日か過ぎたある日、ゼウスはクロノスの側で給仕の仕事をしていた。するとクロノスが突然に、「儂がどうやって国を治めてるか分かるか？」と、言ってきた。ゼウスにとっては余りに突飛で雲を掴むような話なので、どう答えたら良いか分からなかった。それでも、何とか答えるにふさわしいと思われる言葉を口にした。

「私、政治は分からないし関わりたくないので。それに、政治は怖いし」

「それなら、それで良い。その方が此方も安心だ。臣下も民も、恐れの心を持つように治める事だ。それでこそ、国は安定して成り立つ。もし逆らう者がおれば、首を刎ねれば良い。儂が首を刎ねた者、何れ位おるかな？　一々数えていないから、数は分からなくなっている。まあ、可なりの数だろう。今では此のクロノス王に誰も逆らわない」

自分の側に居るクロノスは実の父である。しかし人としての親しみは感じない。反対にアステリオスは実の父ではないが、人として親としての親しみを感じる。クロノスは側に居ても、人の命を平気で奪ってしまうのではないかという冷酷さを感じる。身も心もゾッとさえする。

アステリオスは国を治めるには力で抑える事も必要だが、それだけでは駄目だと考えている。民が此の国で生きていて良かったと思える政治をする事が大切だ。そうする事で、民は王を慕ってくる。

クロノスには、人を恐れさせようとする気を感じる。時にはゾッとさせ居心地の悪さを感じさせる。特に居心地の悪さを感じるのは、クロノスの側にいて給仕の仕事をしている時だ。気にしてしまうのは、いつ何時に何を話してくるか分からないからというのもある。ゼウスはいつも誰に対しても平静を装っているが、自らの心の中は恐怖でいっぱいなのである。

こうした日々を王宮内で過ごしているゼウスだが、ある日久し振りに商人のダミアノスに出会った。此の時、気分としてはほっとしている。彼は、日々の居心地の悪さを解放してくれるように思えた。

「最近、どうですか？」

ダミアノスはゼウスを気遣う心でこう尋ねてきた。

「何と言えば良いのか、いつも不安です」

「不安？　何かあるのですか？　ゼノン様、周りに聞かれて困る事なら小さい声で」

ゼウスはどう話せば良いのか、暫く考え込む。

ダミアノスはゼウスに一体何があったのかと思う。

「クロノスは……、意にそわぬ事を言うと、平気で首を刎ねると言います」

「クロノスは、そうやって人を怖がらせないと安心しないのです。相手が怖がれば、反逆してこないし」

「そうですか」

ゼウスは、此の時ほっとした気分だ。それは、クロノスに対して、怖がっているように見せれば我が身は安全だと知り得たからである。

「ゼノン様、此れから言う事も小さい声で話します。人質の場所は分かりましたか？」

「どうにも分かりません」

「そうですか。先々見つかったらの前提で話しますが、今から渡すパピルスには人質と一緒に脱出する時の舟の隠し場所を書いておきました。見付からないよう、持っていてください」

「分かりました」

此の後、ダミアノスから聞いた話だが、彼はごく稀にクロノスの王宮に商用の為に来る事があるそうだ。王宮で必要な物をクレタの国から購入する必要があるからだ。それだけではない。彼はティタンの国が外貨獲得する為の商品開発も行っている。其の為、ダミアノスはクロノスから信頼されている。信じ切っていると言っても良い。

それから再び平穏な日々が続いた。

それでもゼウスにはクロノスに対する少しの不安はあったが……。

ある日、クロノスが突然、

「此のティタンとクレタが領有を争っている島がある。アマリア島だ。此の島、どちらの物だと思う?」と、言ってきた。

ゼウスは、此れにはどう答えたら良いかと悩み迷って考え込んでしまった。

「お主、中々答えられないようだな」

クロノスは答えを出せと請求しているようだ。暫くしてゼウスは、

「其の島がクレタの国でティタンの物だと言うと、袋叩きに遭わされてしまう。反対に此処でクレタの物だと言うと、王である貴方に首を刎ねられてしまいます。こんな怖い話、御勘弁ください」と、怯えて答えた。

「ゼノン、そなたにきつい話をしてしもうたな」

「はい、すごくきついです」

「本当は、此の国でクレタの大王と話したいと思っている。もちろん、此方の島だと認めさせる事が目的だ。其の為には、人質が必要だ。だからあの島から人を奪ってきた。今日は其の人質を見せてあげよう」

此の時、クロノスは自室の引き出しから鍵を出した。それもゼウスの見ている前で。完全にゼウスを信じ切っている。

クロノスは鍵を持って牢に向かう。ゼウスは其の後に続いて歩いていく。しばらくすると牢が見えてきた。其れは幾つかの部屋に分かれていた。其の内の二つの部屋の前で止まった。しかし、クロノスは牢の部屋を開けない。何の為に鍵を持っているのか分からない。生活習慣か癖なのか？

右の部屋には三人入っていて、彼らの身形《みなり》は小綺麗だ。反対に左の部屋には一人入っていて、髪や髭は伸び放題で見窄《みすぼ》らしい。二つの部屋の者達が正反対の佇まいをしているので何故かと不思議に思った。

「王様」

「何か？」

「右の人達、綺麗な格好をしています。左の人は見窄らしい格好です。一体どうしてなのでしょうか？」

「お主はそう感じるか。右の者達は大事な人質なのだ」

「大事な人質？　何ですか？」

「じゃあ、話そうか。元々ティタンの領土である島をクレタの国は我が領土であると言ってきた。だから島民を人質として拉致誘拐してきた。もし粗雑に扱って病気になって死んでしもうたら、クレタの国に攻められてしまう。だから大事に扱っている」

「そうなのですか」

「まあ、そう言う事なのだが。クレタの国には人質を返して欲しければ、島を返せと言ってるがな」

「では、左の牢に居るのは何者ですか？」

「ああ彼か、彼は元は忠臣のアトラスだ」

「何故、牢に入れられているのですか？」

ゼウスはどうしても知りたかった。忠臣であった者が今や此のような姿なのだから。

「儂には子供が居ない。だからなのか、奴は後継者をと言ってきた。其の時、ピンと気付いた。奴は後継者を立てて、儂に代わって此のティタンを治めようと企んでいるとな。其の時は首を刎ねようと思ったが、思い直して抵抗勢力の押さえとして人質にしてみようと思った。それで牢に入れとる」

「そうですか」

「まぁ、奴にはこんな扱いで良いけどな。お主への見せ物は、此れ位にして戻ろうか」

クロノスは手に鍵を持っている。だけど一度も使う事は無かった。ゼウスは、クロノスが使わぬ物を何故手に持っているのかと思った。もしかして牢に行く時の単なる習慣なのか、何とも分からない。

自室に戻ったクロノスは鍵を引き出しに入れた。其の様子が丸見えなのには、ゼウスは驚いた。

クロノスは疑い深いのに、何故、鍵の在り処をあからさまにするのだ。此方を信じ切ってしまっている。クロノスの行動はどうにも分からない。とにかく鍵の在り処さえ分かれば、後はいつ人質を救出して脱出するかだ。

幾日か後、其の日はやってきた。

ある日の夜、クロノスは酒を飲み過ぎて泥酔して寝てしまった。其の時、ゼウスはチャンスだと思った。すぐさま鍵を取り出し牢の方へと向かう。

まず人質の漁民の三人を出さねばならない。其の後、左の牢に入れられている元忠臣のアトラスを出そう。彼を牢から出すのは、先々にとって良い事にも成り得る。其れがどんな事かは予側出来ないが……。

ゼウスは牢の前に来た。

まず三人の入っている牢の錠を鍵で外した。次に、アトラスの入っている左の牢の錠も外した。

解放されたアトラスがゼウスに詰め寄る。其の顔は、長い髪と長い髭をした不気味な形相だ。そして、夜の弱い明かりが其れを際立たせる。此の時一瞬、ゼウスは彼を解放したのは間違いではと思った。

「クロノスは何処に居るー。いつもの所で寝ているのかー」

「はっ、はい、いつもの寝室で」

アトラスの言葉の語気は強い。それも人を脅し怯えさす程だ。気丈夫なゼウスとて、自然に従わざるを得なくなる。

「そうか。此れから我に従うなら、抜け穴の地下通路を教えてやる」

先にクロノスの寝室に向かうのはアトラス。其の後をゼウスが、更に漁民の三人が続く。

アトラスが前々からクロノスの寝室を知っているのは、王宮内を詳しく知っているのか、それともクロノスとは親密な関係だったのか？　アトラスはクロノスを殺そうと思っている。牢から出した時の形相がそうだ。恨みが籠っている。特にあの時のあの目が……。

部屋に入ったアトラスは寝床で寝ているクロノスを見るや首を絞め始めた。クロノスは苦しさで目を開きウッと小さく低い声を出した。声は此の一度だけだ。後は苦しさで目と口を開いたまま。アトラスは更にクロノスの首を絞め続ける。其の時のアトラスの顔は、腕と手に力を入れている為に力んでいた。更には、彼の目と顔の相には恨みが籠っているのが見て取れる。

遂に、クロノスは寝床の上で息絶えた。

アトラスは少し離れてクロノスをチラリと見る。其の目は憎しみの心で見ているようだ。

しばらくしてアトラスは部屋の片隅に向かうと、家具の類いを動かした。其の下の床は、厚目の木の板で覆われており、アトラスは板を外した。よく見ると、穴が見えてきた。抜け穴の地下通路なのか？

アトラスは部屋にあった明かりを手に持ち穴に入った。彼はゼウス達四人に手招きで入れと指示する。入って歩いていくと、地下通路は案外長い。いつまで歩かねばならないのか、何処で外に出られるのかと気になる。行く先を照らすのは、先頭のアトラスが手に持った明かりだ。

更に進み続けていくと、行き止まりになり、ゼウス達四人は不安な気持ちになった。

だが、アトラスは行き止まりの壁を押した。壁と思われたのは、出口を塞いでいた大きな石だ。石は緩い下りの斜面を転がっていった。

五人とも皆、出口から外に出た。

外は森の中だ。夜の月の光が、森の木々の枝葉の隙間から地上を照らしている。其の光の為なのか、横に目を向ければ城壁が見え、前方を見れば緩い下り坂の先に塞いでいた大きな石が転がっているのが見える。

「此の下り坂を降りていけば港に出る。私は此れから元々の主に会いに行く。とにかく、皆は無事に逃げよ。さらばだ」

アトラスは元々の主と言うが、誰だ。クロノスではないのか？

そんな疑問を感じたゼウスは、

「一体、其の方は誰なのですか？」

と、尋ねる。

「それは誰かは言えない。それより早く逃げよ。捕まったら最後だ」

「分かった」

アトラスは此の場を急いで去っていく。他の者達もまごまごしてはいられない。もしかして、今出た出口の穴から追っ手が出てくるかもしれない。

そんな危惧を感じたゼウスは、三人と共に港を目指して足早に急いだ。しかし、月の光を頼りにしているとは言え夜の森の中だ。足元の悪さに思うように進めない場合もある。其の時は気も焦る。

それでも何とか港に着き、ダミアノスが言っていた隠し舟を見付けた。其れは帆柱の付いた小舟で四人で櫂を漕ぐには丁度良い大きさだった。四人は急いで舟に乗り櫂を漕いだ。追っ手に捕まらないように必死だ。

其の必死の甲斐があり舟は港からどんどん離れていく。そしてある程度、港から離れた所で帆を張った。帆は風を捉える。進むのに良い風だ。それでも、帆や舵を操らない者は必死に櫂を漕いだ。

此の時、ゼウスは三人に、

「どちらに行く。クレタ島かアマリア島か？」と、聞いた。

三人は口を揃えて、

「もちろん、アマリア島だ」と言った。

ゼウスは瞬時に考えを巡らせた。

皆、住んでいた島に一早く帰りたいのだろう。心配して待っている家族に早く会いたいのも当然だ。とにかく、必死になって島に戻る事だ。それにクロノスが死んだとしても、ティタンの残った者達がクロノスの残虐さを継承しているかもしれない。捕まれば首を刎ねられる。

こうした必死の海の逃避行の末、何とか三人の望むアマリア島に着いた。此の時は、可なり陽が高く昇っていた。

四人は上陸すると村の方へと歩いていった。此の時、四人はもう捕まる事はないと思えたのか、心の中はほっとした安堵の気持ちに変わっていった。

ゆったりした気分で歩き続けていくと、向こうに二人の村人が見えてきた。彼らは此方に向かって歩いてくる。次第に顔もはっきりしてきた。三人にとっては、あの二人は知ってる人だ。其の内の一人は此方に駆け寄り、もう一人は人を呼ぶように村に戻っていく。

更に近付いてくると、其の一人の顔が誰であるか間違いなくはっきりしてきた。

「バシルにアルギリスとクレタスではないか。良く無事だったな」

するとバシルは、

「コスタス、どう言う訳か分からんけど、人質だからと大事に扱ってくれた。まあ、牢に入れられてたけどな」と、答えた。

「えっ、人質で大事にしてくれた？　分からん」

コスタスの方も、バシルの言った事が余りに驚きで疑問に思えた。

「どうも、此方とてどうにも訳が分からない」

バシルの方も、更に疑問に思い、首を傾げた。

でも、ゼウスは其の訳を知っている。

もしクロノス王のティタンの国が人質を粗雑に扱い病気になってしまったなら、クレタの国に攻められてしまう。クロノス王は其れを予測していたのだ。

「それより、知らない人が居るけど。誰なんだね？」

コスタスは、ふと、ゼウスの存在に気付き、バシルに尋ねる。

「私、私の事ですか。私は元々王宮に居ましたゼウスです」

「えっ、どうして王宮の人が此処に？　もしかして三人を救出したの？」

コスタスは、ゼウスについて色々と知りたいようだ。

「確かに私は王宮の者です。だからこそ、三人を救出したいと思いクロノスの給仕となってクロノスの元に潜入したのです。そして思わぬ機会が来て三人の救出が出来ました。三人が今、此処に居るのは、其の為です」

「そうか、そうなのか。本当に、本当に有り難う御座います」

「ついでに、そなたに良い事を知らせたい」

「良い事？　どんな事を？」

コスタスとしては、より知りたい。

「クロノス王は別の誰かに殺されました」

「えっ、誰に？」

「三人の隣の牢に元忠臣のアトラスが居ました。三人を牢から出すだけでなく其のアトラスも牢から出したのです。其の彼は余りにクロノスに恨みを持っていたのか、本当に殺してしまった」

「じゃあ、追われる事はないか。安心だ」

「まあ、そうですけど」

ゼウスには、目の前の者達が安心しているように見える。しかし、クロノスが死んでも彼の親類縁者か重臣の誰かが後を継ぐかもしれない。其の時、後継者となった者がクレタの国に対してどう出るか予測出来ない。ゼウスには、そんな不安があった。

「私……、どうしても貴方に話したい事があります」

突然、バシルがゼウスにそう言い出した。一瞬、何かと身構える。

「私は元はティタンの国の者です。もう一人、アルギリスもそうです。私の場合、親類の一人がクロノス王に反逆を企て殺されました。それで身を隠すように暮らしましたが、知られそうになり家族共々に此の島に逃れてきました。今の自分と家族があるのは、クレタ島の人王様と王宮の人達、それに此の島の人達の御陰です」

「そうか、そうなのですか」

「それに……、此のように救出してくれて、本当に有り難う御座います」

「いえ、其れは当然の事です」

暫くして、村から人々が集まり、五人は其の賑やかさの方に目を向けた。中には、喜び勇んで駆けてくる者も居る。

そして、其の者が、

「お～い、戻ってこれたんかー」

と、声を掛けてくると、
アルギリスが、

「助けてくれた人が居たんだ」と、言う。

「それ、誰だ？」

「クレタ島の王宮の人だ。ゼウス様だ」

「えっ、王宮の人がわざわざ助けに？」

村の人にとっては、ゼウスの行為は意外に思える。

それからも村の人達は、救出された三人やゼウスの周りに集まってきた。それも、次から次へと。

村の誰もが、クロノスに誘拐された三人が戻ってくるのを望んでいた。其の反面、戻らないと絶望もしていた。それが戻ってきたのだから、誰もが喜ばない筈がない。

それと同時に、救出に尽力したのがゼウスだと知ると、誰もがゼウスを讃えた。

こうして喜びの声が沸き上がる場となっていった。

もう、此れで、クレタ島に帰れる。

船さえ出してくれれば。

ゼウスがそう思っていた其の時、村の人達が貴方の為に宴会を開くと言ってきた。此の島の此の村では、ゼウスは人質救出の恩人であり英雄だ。有り難く受ける事にした。

そして、ゼウスがクレタ島に帰る為に此の島を離れたのは、翌日であった。

無事、クレタ島の王宮に戻ったゼウスは、まず大王アステリオスに三人の人質を無事救出した事を報告した。其れを聞き、王宮の人達は、誰もが喜びゼウスを讃えた。其れは王宮の外の都の人達に伝わり、そしてクレタ島の隅々にまで広まった。それからも、喜びの余韻は幾日か続いた。

しかし喜びと興奮が醒めた頃、ゼウスも大王アステリオスも一部の王宮の人達も不安を持ち始めた。其れは人質を救出する為にクロノス王の王宮の牢を破った事、加えてクロノス王が殺された事でティタンの国が何か言ってくるのではないか、という危機感であった。

そんな思いの中、一日一日と過ぎてゆき、望まぬ日は近付いてきた。

そして、ある日、
ティタンの使者が来た。

王宮内に緊張と不安が走った。予想していた者達は、遂に此の日が来たと思った。

「クレタの国の誰かが、我が国の王宮の牢を破って人を逃がした。それに王も殺した。我が方としては黙ってはいられない」

此の時、使者の近くには、大王アステリオスは当然のこと、重臣や大王の長子のニコラオスとゼウスもいた。皆、共々に恐れを感じた。いや、使者の強い語気に恐れを感じない方が不思議だ。

アステリオスは隣に居るゼウスに小声で、「相手に話してみなさい」と、言う。

ゼウスは使者により近付く。其れは言い寄るような感じだ。

「島民が拉致誘拐されて取り戻そうとするのは、此方として当然だ!。何度も文書を送ったが、返してくれなかった。だから、潜入して取り返すしかなかった。それと、クロノス王を殺したのは、此方でなく元忠臣のアトラスだ」

ゼウスの言葉の語気は強い。

「今、アトラスと言ったな。奴が殺したのか?」

「そうだ、間違いない。ティタンに戻って確かめてみれば良い」

「なら一応、今の王に言って確かめてみる」

使者がそそくさと帰ろうとする其の時、今まで此の場に居なかったレアが現れて使者に近寄っていった。当初、彼女は何があったのかと思った。

其の姿を見たゼウスは一言、

「お母さん」と、言った。

すると、使者は近寄る者に目を向けた。

「レア様」

其の言葉には、久し振りに会う者への懐かしさがあった。

「ヨルゴス、ヨルゴスではないの」

レアには、此の場で意外にも会えた旧知の者への驚きと嬉しさがあった。其の顔には、喜びの表情が溢れていた。

「クロノス王から逃げる時、一緒に連れていた息子のゼウス様は？」

「ゼウスなら、貴方の隣に居ます」

「えっ、彼がゼウス様ですか。よく御無事で。今まで、生きているかどうか心配でした」

「もし、此の私ゼウスが心配でいる者がおるなら、伝えてください。今は大王アステリオスの王子として生きていると」

「はっ、分かりました。ティタンに戻りましたなら、そうした者達に伝えておきます」

此の後、使者は静かに王宮を去っていった。そして其の者の姿を眺め見続けるのは、大王アステリオスと重臣のアレコス。二人の胸中には、此れからどうしたら良いのだろうかという考えがあった。

「大王様、良い方向へ行けばと思うのですが？」

「儂も、其の方向へ行けば良いと思っている。それでも、最悪の事態を考えねば」

「やはり、戦争を覚悟ですか？」

「まあ、そうではある。とにかく、今から国の防備を固めねば。只、此方から手を出してはいけない。此方が悪者になってしまうからな」

「はっ、分かりました」

王宮の人達は、先々がどうなるかと危惧していた。そして一日一日と過ぎてゆき、再びティタンの使者を迎える日が来た。

使者は先と同じヨルゴスである。

王宮の人々は、相手がどんな返事を持ってきたのか気が気でなかった。其れが、良い内容であるのか悪い内容であるのかと不安もあった。

其の使者の持ってきた手紙は、大王アステリオスに渡された。

ティタンの新たな王ゲオルゲは、
大王アステリオスの子ゼウスと会談したい。

其の際、其の者の母レアも同席して欲しい。
会談の場所としては、
アマリア島のギリシャの対岸を望む場所とする。
島に接岸する船はそれぞれ一隻、
沖合いに停泊する船もそれぞれ一隻とする。

此れを読んだアステリオスは側に居る重臣のアレコスに渡した。それを読んだアレコスは、

「此れは……、友好を望むような内容に見えますが油断出来ません。確か、ゼウス王子の実の父はクロノスでしたね？」

と、言って尋ねる。

「そなたはゼウスの実の父を知っておったのか」

「うすうす気付いていました。クロノスが死んだなら、ティタンの後継者はゼウスで

す。だから今、ティタンの王の位に就いた者にとってゼウスは邪魔だから消したい筈」

「儂も其れを気にしていた。よって会談の当日には防備を充実させねばならない。それでアマリア島へどれだけの数の軍船を派遣出来る？」

「其れは……、海軍司令官に聞かねばなりません。海軍には海軍の都合がありますから」

「もし、海軍司令官と話し合って決められたら、儂に知らせてくれ」

「はっ、分かりました」

此の会談の日も、双方の手紙のやり取りで漸く決まった。

そして会談の日。

此の日はクレタの国の方は、両者が決めた二隻の軍船の他、会談を行う島の反対側と、隣の大きいアイアス島に三隻をそれぞれ隠して待機させた。

会談の席では、ティタンの新王ゲオルゲとクレタの国の王子ゼウスが対面した。ゼウスの横には母レアが、対面するゲオルゲの横には初めて見るような者が一人座っている。だが此の後、ゲオルゲの横に座っている者が既に前に会った者である事を知る。

ゼウスは対面したゲオルゲに目を向け、そして、相手に挨拶をし礼を言った。

「遠くよりわざわざ我が国の此のアマリア島に来てくれた事、有り難く思います。私がクレタの国の王子、ゼウスで御座います」

そして間を置き、相手も、

「此方こそ、招待された故、遠くから参りました。ティタンの新たな王、ゲオルゲで御座います」

と、自らを明らかにした。

「私は貴方様が、今後ティタンの地をより良く治める事を望みます。今後は共により良き関係を築いていきたいと思います」

ゲオルゲは暫く考え込んでいる。何を考えているのか、何を言おうとしているのかとゼウスは不思議に思った。

「私としては、貴方様に御詫びせねばならない事があります」

「其れは何ですか？　お話しください」

「急に王が何者かに殺され、急遽、私が王位に就きました。後、クロノス王の実の子である貴方様が居るのを知り、此の私が王になるのはどうかと思いました。突然王が亡くなったとは言え、貴方様を押しのけて王になるのはどうかと……」

此れを聞いたゼウスは、どう答えたら良いかと暫く考え込む。

「私はクレタの国で育ち、ティタンの国の事は疎い。だから私を正式な後継者としながらも、貴方様が代王を務めれば良いと思います」

「それは有り難い事です。今後もティタンをより良く統治致します。それより、隣に座っておられる方は貴方様の母上ですか？」

「実の母のレアです」

此の時、ゲオルゲ王の後ろに立っていた側近達は「レア様、レア様」と口々に言う。

其れをゲオルゲ王は手を立てて止め、場を静めた。

「間違い無く、貴方様はクロノス王の実の子です。正式な後継者と認めます。今後はティタンの地を代主として統治していく所存です。よろしく御願いします」

此の時、ゼウスは何を言うべきかを、忘れていた事を思い出すかのように考えていた。

「最初に使者が来た時、使者は非常にきつい事を言っていた。其の事について伺いたい」

「あの時は、ティタンの国として、体面の為にそう言わなければならなかったのです」

「其の理由、分かります。其方側にはやられた感じになりますから」

「更に詳しく話していきます。調べたところ、前王のクロノスが不法にも、クレタの国の民を拉致誘拐した事にある。クレタの国としては、何度も誘拐して人質になった人を解放するように言っていた。それでも、其れを無視されたから、忍び込んで牢を破るしかなかった。故に致し方ない事であり、此方としては情状酌量するしかない。それと、前王を殺した者を明らかにしないで貰いたい。其の者を情状酌量出来なくなりますから。もちろん、其の者が前王を殺さねばならなかった事情も知っています」

と、ゲオルゲは言った。

「そうですか。其の者の名を言わない事にします」と、ゼウスは述べた。

「其れは其の者にとって有り難い事です。其れに、もう一つ伺いたい事があります」

「其れは何でしょうか？」

ゲオルゲは何を尋ねようとするのか、少し不安だ。

「軍船は双方で二隻と決まっていた。それが其の方は更に何隻かを隠しておる。此れはどうしてなのか？」とゲオルゲは強い口調で尋ねた。

此の時、ゼウスにはゾッとする不安感が過《よぎ》った。知られてしまったと。それでも、気を取り直し、口を開いた。

「それが事実であれば致し方ありません。実は、今の父アステリオスが私がティタンの正統な後継者だと知っております。だからこそ、騙し討ちに遇わないようにと親心からの用心の為です」

「私は其処まで王位に拘《こだわ》らない。只、王位に就いたのは、人々に望まれたから。それに、王位に就くと大変な事もある。時には、国の舵取りに難儀するからだ。望んで就くものではない。此れは、もし貴方様が王位に就けば分かる」

「そうですか」

ゲオルゲの隣に座っている者が暗い顔をしている。顔色の悪さを見れば、どうしたのだろうかと思う。

「私……、クロノス王の忠実な下部であるのを装う為、親しい者を殺してしまいました。今でも其の遺族は私を許しません。死にたい気持ちです」

悲しみにくれた顔で重々しい言葉をこぼし、泣きながら話している。ゲオルゲは王として、其の者を慰めようとした。

「私が其の者の遺族に対し、お詫びと補償をするから気を楽にして命を絶たないように」

「そう言ってくれると有り難いです。貴方の臣下で良かったと今も思います」

それを見ていたゼウスは、

「其の者は？」と、尋ねる。

対してゲオルゲは、

「アトラスだ」と、答えた。

「アトラス……。あのアトラスか」

確かに、今のアトラスは牢に入っていた時とは違い、髪を整え髭を剃っていた。だから別人のようで分からない。

「あの時のアトラスです。でも、あの時の事は話さないでください。今の王の善意を無にしますから」

「分かった」

アトラスを初めて見たのは、クロノス王の王宮の牢の中だった。二回目は人質を牢から出した時、アトラスも助け、共にクロノスの王宮から逃れた。故に、ゼウスと共に居たのは、夜間の僅かな時間だった。

でも其の時の事は、ゼウスの心に強く残っている。相手のアトラスも、同じではないのか？

「ゼウス殿」

「何で御座いましょうか？」

目の前のゲオルゲは何を聞こうとしているのか？

「私が王位に就く前、どうやって生計を立てていたか分かりますか？」

ゲオルゲの問いに、ゼウスはすぐには答えられない。それでも、「王宮では姿を見なかった。王宮には居なかったのではないでしょうか？」と、答え問うた。

「まあ、其のとおりです。王宮に居ればクロノスに殺されますから。一応、王族の一人でありますし。それで生計だが、生きる為に船を持って海商で稼いでいました」

「海商ですか。想像は出来なかったです」

「まあ王宮を離れれば、自ら生計を立てねばならない。それで自らの資金で海商を始めた。色々な国と交易を続ける中で、たくさんの国を知る事が出来た。クレタの国も其の一つだ。此の国の大王は、強権的な力で人々を抑えて治める事はしない。人々には、働いて稼げはより良い生活が出来る環境を政策として作り上げてきている。だから強権的な力で抑えなくても、人々は自然と大王に従ってきます」

「そんなに、クレタの国は素晴らしいのですか?」

今までゼウスは、クレタの国を普通であると思ってきたが、ゲオルゲの話ではそうでないようだ。

「大王自体、人徳がありますからね。対してティタンの国は、貧しい。故に、不平不満もあり僅かな富を巡って対立や争いがある。其の為、力で抑えるしかない。しかし、人は力で抑え付けられる事には限度がある。それで耐えられない人達や勢力が王の子を立てて王を殺し亡ぼしてしまう。ティタンでは、そんな事が幾度となく繰り返されてきた。王位に就いたからには、自らの商船団を国の商船団として豊かな国を築いていくつもりです」

「そうですか。もう道が決まっているようなものですね」

「まあ、其のとおりです」

此処でゼウスとゲオルゲの会談は一旦終わった。後は此の二人による会食の予定と成っている。ゲオルゲはゼウスの実母であるレアの同席を望んだ。ゲオルゲとしては、彼女から色々と身の上話を聞きたい望みもあった。今まで、レアがどのように生きてきたかも知りたいからだ。

食事の準備が整うと、料理が置かれたテーブルを挟んで、ゲオルゲとゼウスは椅子に座り対面した。ゼウスの左には母のレアが座っていた。

「昔、赤子のゼウスを抱いてクロノスの王宮を逃れるように出ていった事を知っています。今、二人の無事な姿を見て、よくぞあの時にクロノスに殺される事もなく今に至るのを喜ばしく思います」

そう話し掛けるゲオルゲの顔は、相手の無事を思いやる優しさが溢れていた。

「あの時は、逃げるのに必死で、お供の侍女も辛い顔をしていました。捕まったら殺されてしまうし」

こう話すレアの顔は、泣きそうな表情だ。

「貴方のあの時の大変さは、よくよく分かります。それで無事、クレタ島に渡れたのですね」

「いいえ、最初逃げた先は、ザゴラの実家の王宮でした」

「えっ、直接にクレタ島ではないのですか？」

ゲオルゲは、最初知っていた事とは違う事実に、少し驚く。

「こんな時、当てになるのは実家ですので」

「そうですか」

「でも両親は、此処も危ないと言って金目の物を授けてくださり、クレタ島に逃げるように言いました」

「それでクレタ島に」

「ええ、クレタ島に渡ってから島の奥にある森に隠れ住みました。其の様子に近くの村民が気付き通報したのか、此の島の王宮より救いの手が伸びたのです。今では、こうして母子共々王族の一員になっています」

「それは良かったですね」

此の時のゲオルゲの顔は、ニッコリした笑みの表情である。

「では、今までのお二人の無事に感謝し、先々の多幸を願い祝って食事を始めましょう」

食事を続ける三人の雰囲気は和気藹々である。其れには、先々クレタとティタンがより良き関係でやっていけるのは間違い無いとの想いが三人共々にあるからである。其れ故、気分も舞い上がっていき、自然と談笑も続く。時には、ゲオルゲがゼウスに、「先々嫁さんにする女《ひと》は決まっていますか?」と尋ねてきたが、ゼウスにははっきり答えられない。幼少の時には義姉のヘラに対して「嫁さんにしたい」と言っていたが、今では其れ程でもなく、想いも薄くなってきている。

談笑をしながら食事を続けていると、テーブルの上の料理は残り少なくなっていった。そうした中で、ゲオルゲはどうしてもある事をレアに聞いてみたくなった。

「ゼウスが赤子の頃、守るのに必死な思いをしてきたと思います。そうですね?」

「そうです」

「なれば、今まで大事に育ててきたのは間違い無いと思います」

其れを聞いたレアは、俯き加減で少し暗い顔になった。

「少し、違うんです」

「其れは何か？」

ゲオルゲとしては思っていたのとは違うのかと、意外に思う。

「本当は、赤ちゃんの頃は、守ろうとしてきました。だけど、乳離れをして立って歩けるようになってから、折檻をするようになってしまったのです」

「どうしてなんですか？」

ゲオルゲとしては、どうしてなのか想像すら出来ない。故に、より知りたいともなる。

「私は……、クロノスが好きではないのです。憎いのです。ゼウスが大きくなるに従い、クロノスに似てくるのではと思ってしまったのです。憎い者に似る。其れが嫌なのです」

と、レアは辛辣な表情で語った。

「そんな事したら、子供は死にます。止める者が居たのでは？」とゲオルゲは尋ねる。

「居ました。其の頃は王宮に居ましたので、女官達や女官長が止めにきました。すぐに騒ぎを知った正妃のエウロペも来ました」

「それでどうなりました？」

ゲオルゲとしては、どうしても当時の状況を詳しく知りたい。

「子供は、正妃のエウロペと大王アステリオスに取り上げられてしまいました。其の時アステリオスは、前はクロノスの子であっても今は此のアステリオスの子だ。子は育ての親に似る。だから此のアステリオスに似ていくのは間違い無い。此の私がゼウスと関わっているのを見れば良いと、言っていました」

「それで後に貴方の手に戻ってきたのですね？」

「戻ってきました。其の時、子供には、お母さんが悪かった御免ねと言いました」

「じゃあ、良かったですね」

此の時、ゼウスはあの頃を想い出していた。当時、物心が付き始めた頃で、母と思い込んでいた女性の側に居た。時には、其の女性の側で横になる事もあり、母のような優しささえ感じていた。

ある日、其の女性が、

「あの方が、貴方の本当のお母さんよ」

と、言ってきた。

本当のお母さんだと言われた女性が、ゼウスに近付いてきた。

そしてゼウスを抱き、

「お母さん御免ね、許してね」

と、泣きながら謝った。

此の時、ゼウスには、何が何だか分からなかった。其れが分かるようになるのは、大きくなってからの事だった。また、当時を知る者が王宮におり、彼らから話を聞けた事にも因る。そして当時母だと思ってた女性も、今では王妃のエウロペであるのも分かっている。

こうしてゼウスが一時昔の事を想い出していた時、ゲオルゲからどうしても何かを言おうとしている雰囲気が感じられた。

「実は私、王位に就く前、海商としてクレタ島の王宮に出入りした事があるんですよ」

「えっ、王宮にですか?」

ゼウスとしては、ゲオルゲが予想外の事を言ったので、少し驚いた。

「海商をしていれば、其の国の王に交易の許可を得る必要がある場合もある。それに、国々の王の中には、王宮で必要な物を手に入れたいと言ってくる事だってあります」

「それが王宮に出入りする理由なのですか」

「まあ、そんなところですね。中でも、印象に残ってるのがクレタ島の大王に言われた事です」

「どんな事を言われたのですか?」

ゼウスは、更なる興味が湧く。

「大王様は私がティタンの元王族であるのを知っていた。それで王に必要なもの、其れが何であるかを教えてくれたのです」

「其れは、何ですか？」

「王が人々や臣下を力で抑えたとしても、それには限界と無理がある。それで必要なのは人徳だと言いました」

「人徳？　其れは」

「大王のアステリオスは、人徳とは何か、其れをどう身に付けるかを教えてきた。そなたは、人徳は何であるかと思いますか？」

ゼウスは其れに答えようとしても、すぐには答えられない。暫く考え込む。

「そうですね……。よく大王様の側に居るから、人々が慕うようによく集まってくる。力で人々を抑えている気がしない。もしかして、人々が慕い寄せ付けてくる力じゃないかなと。そうとしか答えられないです」

「まあ、其のとおりだとしよう。先々、王になっても大丈夫です」

「それは無理です。上に、義兄がいますから」

「そうか。ならば其の兄を助けていく立場になれば良い。先々を期待します」

「此方こそ、貴方様に期待します。必ず、ティタンの良き王になれる気がしますから」

此の後、双方はそれぞれの船に乗って自らの国に帰っていった。

ある日、クレタ島の王宮に、突然に不幸な一報が届いた。

義兄のニコラオスが、海賊討伐で相手側の矢が首に当たり即死したとの知らせだ。

其の為、王宮内は騒がしくなった。

此の時、ゼウスは、何故に義兄は死んだのだ。相手が海賊だと軽んじていたのではないのかと疑問が渦巻くばかりだった。

しかし即死だから、言い残す事も出来なかったのだろう。もし言えたら、多分、弱小な相手でも大した事の無い相手でも油断するなと言うかもしれない。

ニコラオスが亡くなれば、新たな後継者を決めねばならない。候補としては側室の連れ子のゼウスしか居ない。しかし、大王の血筋でないからと反対の声もある。ならば長女のヘラにするしかないが、女だとどうもと言う声もある。名案として浮上したのが、ゼウスがヘラと結婚して後継となる案である。ゼウスは其れに従い晴れて後継者となった。

こうして今迄ゼウスが征一に話してきた事は、此処で一旦終わった。ゼウスの話を聞き続けてきた征一は、

「良かったですね。王様になれて」

と、喜びの顔で褒め讃えるように言った。

ゼウスは後継者に定まる其の時まで、大変な思いをしてきたように思える。特に拉致誘拐された島民を取り戻す行為は、クロノス王にばれれば命がない場合もある。其れをやり遂げたのだ。征一としては褒めたい気持ちにもなる。

「儂が王様になれたのも、義兄のニコラオスが不運にも命を落としたからだ。だから、

幸運だと喜ぶ訳にはいかない」

「失礼しました。其処までは気がいかなくて」

世の中には、誰かが不運な結果になって自らが幸運を得る場合がある。義兄亡き後、ゼウスが後継者になったのは此れだろう。褒め讃えて言ったのは、少し後味が悪い。

「王になってからの儂だが、色々と大変な事があった。先に話したように、領土の島々が他国に盗られぬよう守らねばならない。他にも近隣国との交易の摩擦や漁民や農民達による漁場や土地を巡る問題、作物の不作、幾多の問題に只一人国の頂点に立つ者として臨まねばならない。王様とは大変な仕事だ」

「其れ、自分にも分かります」

「そうか、分かってくれるか」

征一はテレビの大河歴史ドラマで、権力の頂点に立つ者達の生き方や姿を学んでいる。だから大王としてのゼウスの大変さを理解もし、想像も出来る。

「のう、そなたにもう一つ尋ねたい事がある」

「何でしょうか？」

ゼウスは、今度は何を聞こうとするのか？

征一は、ゼウスが何を知りたいのか、全く想像が出来ない。

「実は、カリトンが連れてきた地上の人達から、死んだ者が生まれ変わって地上で再び生きてゆく話を聞いた事がある。此れは間違い無く本当か？」

「前世の記憶を持った者達の話を聞いた事があります。此れは間違いありません」

ゼウスは顔を少し上に向け、何か考えているようだ。

「儂は死後、此の天界に生まれ変わったが、本当は地上の世界に生まれたかった」

「えっ、どうしてなのですか？」

征一は、ゼウスが意外な事を言うので、何故なのか知りたくなった。

「此の天の世界は、余りに平穏で刺激が無い。地上の世界は色々と良からぬ事もあるが、面白い事もあり刺激がある。其れらが生きる気力を与えてくれる。此の世界から消えたら、地上の世界に生まれ変わりたいと思っている」

「そんなに地上の世界の方が？」

「まあ、そんなところだ。そうだ、大分時間が過ぎているが、お昼御飯はどうだ」

「ええ、有り難く頂きます」

「食事が済んだら、天界を見学して帰って良い。誰よりも一番そなたが気に入っていたが、別れるとなると淋しいな。此れで、お別れじゃ」

「では、此方こそ、さようなら」

後はカリトンに案内されるがまま、宮殿内の食堂に向かった。

（三）征一、天上界を後にする

食堂の中に入ると、テーブルの上には既に料理が並べられていた。征一は此れらの料理を食べ始めた。

自分の側に居るカリトンは何か伝えたい感じだ。其れは雰囲気で感じる。

「征一様」

「何か？」

「此の後、見学するのですね？」

「そうですが」

「早く食べ終えてください。でないと、帰りに着くのが夜遅くになってしまいます」

「分かった」

本当はもっとゆっくりしたかったが、こう言われると致し方ない。此処にはもう二度と来られないから、じっくり居たかったが、食事を終えてカリトンに言われたとおり宮殿の外に出ると、前の庭には翼を持った白い天馬が既に待っていた。天馬は、ゆったりと翼を動かしてる。乗れば、すぐに飛び立てそうだ。

征一は天馬の背に乗り、カリトンは其の後ろに乗った。天馬はすぐに翼を勢いをもって動かして飛び立った。

征一は下を見下ろした。

宮殿は遠ざかり、森や草原や川が見えてきた。川の流れる先は何処なのだろうか？地上の世界なら、海に流れるが……。天界ではどうなっているのだろうか。川の先は想像出来ない。

向こうにナマクアランドのような花園が見えてきた。黄と赤の花で彩られた美しい花園だ。またもや見られるとは、カリトンは征一の気持ちが分かっているのではとも思える。二度も見られるのだ、じっくり見てみるのも良い。天界を離れたら見られないだろうから、と征一は考えた。

「もう一つ、素晴らしい所があります」

「其れ、何処ですか？」

カリトンは、此の他にもまだあると言うのか？

「ジャカランダの森です。あの場所も、それなりに素晴らしく美しいです」

「じゃ、そちらにも行ってみたい」

「分かりました」

天馬は方向を転換していく。

そして赤と黄色の花園は途切れ、緑の森へと変わっていった。其の森も、薄紫色の花の森に変わった。

花の森は眼下に広大に広がっている。はたして何処まで広がっているのか、其の途切れる果てはあるのかとも思える。

天馬は降下した。

大きな翼でも降りられる広い開けた場所を見つけたようだ。其処へ天馬はゆっくりと降下していく。そして、ふわりと着地した。

天馬を降りた征一は、三百六十度周りを見渡す。

美しく、素晴らしい。どの方に目を向けても、薄紫色の花々ばかりが目に入る。それも空の見える天上まで花の枝で覆い尽くそうとしてる。只、天馬の降りた所だけが穴がぽっかりと空いたように空が見えた。

天馬が降りられる場所も必要だから、此処が穴が空いたようになってるのかもしれない。

もっと、向こうに行ってみよう。

征一はジャカランダの森を足早に駆けた。そうしながらも、花々を眺めもした。ジャカランダの薄紫色の花々は美しく綺麗だ。何処へ行っても、駆け巡っても素晴らしい。ジャカランダの薄紫色の世界に包まれてるようだと征一は感じた。

ふっと横を見るとカリトンが口を開いた。

「征一さん、私から離れないようにしてください。此処は広いから、離れると迷ってしまいます」

「分かった。そうする」

「それに、迷うと帰るのも遅くなったり帰れなくなったりします」

それからの征一はカリトンの注意事によって楽しむ気分を台無しにされているようであったが、それでもジャカランダの森の素晴らしさは変わらない。時には歩きもし駆けもして森を眺め続けた。

「もう帰りましょうか。帰るのが遅くなると、家に着く頃には夜になってしまいます。貴方としては、もっと見たいと思いますが仕方ありません」

「分かった。帰る事にします」

カリトンはすぐに口に指を二本入れた。そしてピーと指笛を鳴らすと、天馬が二人の側に近付いてきた。

征一は近くに来た天馬にすぐに乗り、カリトンは其の後ろに乗った。そして二人を乗せた天馬は大きな翼を上下に動かして上空へと舞い上がった。

征一は、馬上から下の天界を眺める。

ジャカランダの森の眺めは素晴らしい、本当に素晴らしい。もう二度と来られないから、出来うる限り見ていこう。

此の薄紫色の世界は素晴らしい。此の上空からでも、我が身が包まれていくようだ。四方八方何処までも続いている。何処で途切れるのか？　見当が付かない。

前方に雲が見えてきた。二人を乗せた天馬はそちらに飛び進んでいくと、雲に穴が見えてきた。天馬は近付き穴の中に入った。穴の中はトンネルで意外な程に明るい。征一はトンネルの壁を見廻し、時には前方を見た。次第に出口の穴が見え、遂にトンネルを出た。

見ると上空には青い空、下には青い海が広がっている。征一は主に下に広がる海を眺めた。

此の広い海、何処まで続いているのか？　陸地に変わるのはいつなのか？　向こうに島が見える。島を幾つ過ぎたら、帰る家のある陸地に着くのか？　それでも、暗い夜になる前に着くだろうななどと、征一は考えを巡らせた。

「征一さん」

後ろに座ってるカリトンが声を掛ける。

「地上の人間の世界の神話では、ゼウスは妻のヘラに隠れていろんな女と不倫をしてるとんでもない男になってしまっている。でも本当は、ゼウスはそんな事はしていないです」

「そうですか」

「ゼウスは元は人間の国を治めていた。もし他の女と不倫を続けたら、国の政治は成り立たなくなる。パートナーとの良き関係があってこそ国は成り立つのだから。どうして人間の世界でそんな神話が出来上がってしまったのだろう。私には分からないのです」

「貴方の疑問はもっともだと思います。国は王と妃の良き関係があってこそ成り立つのですから」

「そう思って貰えると、有り難いです」

カリトンは人間の世界で出来上がった神話に対して、快く思っていないようだ。落ち込んでいる様子も感じられる。

しかし、神話ではどうしてとんでもない不倫男なのか？

此の時、征一はある国の一人の学者の仮説を思い出していた。

其の説によると、ギリシャではキリスト教が広まり始めた時代があった。ギリシャの人達は聖書の神を信じ始めていたが、反面、大神ゼウスをも信じていた。だが其れは、キリスト教の聖職者にとって受け入れられない事だった。其の対策として、ゼウスは人間の世界に降りて人間の女達と不倫関係を持ってしまうとんでもない神だと、ギリシャ神話そのものを改竄《かいざん》した。其の甲斐あってか、ギリシャの人達は聖書の唯一の神のみを信じるようになっていった。

只、残念な事に、其の仮説を証明する物的証拠や資料は発見されていない。それに一日会っただけでは、ゼウスとヘラの仲が良いのか悪いのか征一にも分からない。悪いようにも、良いようにも一日位装えるだろう。

征一は再び景色を眺めるのに専念し始めた。でも目に入るのは、海に青い空と白い雲ぐらいだ。しかし島を幾つも過ぎていくと、あぁ～家が近付いてきたなと安堵する気持ちが生まれてきた。

遂に、自分の住む街のある陸地が見えてきた。夕暮れが近付いてきてるのか、薄暗くなり始めてる。天界からの戻りが遅ければ、本当に夜に成っていた。

街の上を天馬に乗って進んでいくと、下に人の姿が見えた。カリトンが術を使って見えないようにしてるとしても、見られているのではという不安も感じる。

次第に街の中を流れる川が近くなり、提防の内側の河川敷には森が見えた。其方に天馬は近付いてゆく。森の中なら、術を解いて実体化しても驚く人は居ない。

天馬は手前で着地し、森の中へと入っていく。中は外に比べれば薄暗い。其の外さえ、少し前に比べれば暗さが少し増してきている。征一としては、暗くなってきている事に不安を感じた。

征一とカリトンはすぐに天馬から降りた。そしてカリトンは、対面して静かに口を開いた。

「此の森を出れば、術が解けて自分の体が見えるようになる。此れでお別れになるのは残念だが、致し方ない。本当はもっと居たかった。それでは、さようなら」

「此方こそ、もっと居たかったが、仕方ない。じゃあ、此れで、さようなら」

それから急いで森を出ると、征一は後ろを振り返った。カリトンも天馬も姿が見えない。まだ術を解いていないようだ。まず提防に向かって歩く事にした。まごまごしていると暗くなってしまう。そして実際、前より暗くなっていた。

歩いてみると、川原は石がゴロゴロして歩き辛い。それでも提防の上にまで行き、そして街と空を眺めた。空は更に暗くなり、街には明かりが灯ってきていた。カリトンが天界から早く帰そうとした気持ちが分かる。とにかく、街の中に入れば暗くても安心だ。明かりがあるのだから。

次の週の休日、征一は祖父である義継の家に行った。義継に天界での体験や出来事を話す為である。何故なら、義継も征一と同じ体験をしている為、分かって貰えると思ったからだ。実際、話を受け入れてくれた。しかし、祖母の淑子は今でも受け入れてくれない。

第四章　過去のあのとき

不思議な話でいうと、もう一つ忘れられない出来事があった。あれは征一が高校生の頃だったか、祖父の家の近くで此の世の事とは思えない奇妙な現象を目にした。

ある日、征一が祖父の家に訪問したときの事。玄関先に義継が出てきた時、近所の早瀬さんの家から騒々しい夫婦喧嘩の声が聞こえてきた。

「またか、あの二人は」

義継にとっては毎度の出来事のように思えるが、征一にとっては初めて耳にする騒々しさである。というのも、征一が義継の家を訪問する時は、早瀬夫婦が共に家に居ない事も多いからだ。

尚も喧嘩は続き、其の声は表の通りにまで響いている。通りの道幅が狭いというのも理由である。そして二人は家の外に出てきた。夫の方は棒切れを持ち、奥さんの方はフライパンを手に持っていた。

当然それを見た人達は野次馬として集まってくる。でも中には、またかと遠目で見る人もいた。義継も同様で玄関先から夫婦喧嘩を眺めていた。そうした中で征一は興味を持って喧嘩の最中の二人に近付いていった。

征一は其の時、喧嘩する奥さんの横に不気味な女の姿を見た。

其の女の姿は、長くて黒い髪をしており、服は裾が地面の近くまであるグレーの長袖のワンピースであった。足には何も履いておらず素足だ。

女は此方に顔を向けた。其の顔はギョロリとした怖い形相をしている。まるでホラー映画に出てくる女の霊そのものだ。此の時の怖い顔と目は、今でも征一の脳裏に残っている。

女は足を動かさずに僅かに体を浮かせて向かってきた。女の恐ろしげなホラーな顔は更に恐怖を感じさせた。

心の弱い人間なら悲鳴を上げるが、其処は自らは男だと声を出さぬよう耐え忍んだ。悲鳴を上げれば、周囲の人達は何事かと思うだろう。顔も体も心も恐怖でより固まっていく。

此の時の体の固まりは、いつまでも続くものと思っていたが、不意に、何故か体が軽く動くようになってきた。そして目の前の女の霊は顔と体を反対方向に向けて去っていく。何故かと不思議に思っていると、此の時は既に夫婦喧嘩は終わっていた。

喧嘩が終われば見物していた野次馬達は興味を失い去っていき、何事かと遠目で見ていた人達も注目しなくなった。

体が軽くなった征一は、義継の家に向かって身軽に駆けていく。そして家の玄関に近付いた時には、待っていた義継が「入りなさい」と言った。

家の居間に入った征一は、紙と鉛筆を借りて女の霊の姿を書き始めた。

「此れが霊の姿か。自分には見えなかったが、征一は霊感が強いようだな」

「見えなかったんですか?」

「見えなかった」

「じゃあ、自分だけが見えたのか」

もし誰もが霊の姿が見えたのなら、周囲が騒ぐ筈だが、そんな様子は見えなかった。

「此の女は、一体何ですか?」

征一は義継に、そう思い切って尋ねる。

「女は霊の姿のようだな。でっ、何処に?」

「いつも早瀬さんの奥さんの横に。足を動かさずに近付いてきて睨んできた。怖かった」

「そうか。よく声を上げなかったな?」

「声を上げれば周りは何だと騒ぐし、其れも其れで気になる」

征一には、義継が暫く考えているように見えた。此れは何だと答えを出す為に。

「おそらく早瀬の奥さんの生き霊だな。彼女は人を批難しなきゃあ気が済まない質だからな。とうとうこんな者が体から出たか」

「やはり、生き霊だったのか」

征一には、思っていたとおりだって気持ちだ。もちろん聞かなくても、そうだと確信出来る事ではあるが。

尚も義継は女の霊の絵を見続ける。何か気付いた事でもあるようにも見える。

「此の分身霊の本体の女は、夜叉の心を持っているようだな。恨みつらみの心に覆われている」

「そうですか」

それから後も義継の家に訪問する事があったが、近所で早瀬の奥さんの横に分身の生き霊を見掛けもした。其の生き霊は本体の彼女に従って動いていた。前に行けば前に、右に行けば右に、左に行けば左にというように。

だがある日、早瀬の奥さんの横に生き霊の姿を見掛けなくなった。当然、征一は何故かと思い、義継に聞きたくなった。もちろん、霊感の無い義継には生き霊が出たのか出ていないのか分からないのではあるが。

「爺さん、あの奥さんの横に生き霊が居ない。どうしてなんかな？」

「儂には生き霊が見えないから、居るか居ないか分からない。最近、あの奥さんに何かあったのは知ってる」

「其れは何か？」

征一はどんな事があったのか知りたくなった。

「旦那が家を出てったんだよ。キツい事を言う女房が嫌になってね。正しくは其れが溜まっていったと言った方が良い」

「其の旦那の気持ち分かります」

「あの奥さんに二人の子供がいるのは知っているね？」

「えぇ、知っています」

「そうなれば、二人の子を抱えて生きねばならない。それでウチの所に相談に来た」

「何を話したんですか？」

征一は、どんな話なのか内容に興味が湧いた。

「彼女はな、人の悪い所が気になると言っていた。それで儂は此の世に完全無欠な人は居ない、貴方はどうかと尋ねた。其れには何も答えられなかった。彼女自身、完璧でないと悟らざるを得なかった。もう一つ、こんな事も言っていたな」

「もう一つって？」

「旦那や人に何かして欲しいという事があると言っていた。でも人は応じてくれない、望むようにしてくれないと言った。それで貴方は人の望むように出来るかと尋ねた」

「それで、彼女は？」

「そうだな、出来ないの一言だ」

義継は人生経験があるが、征一は若いから経験が少ない。義継だからこそ、早瀬の奥さんにそう言えたのでは……と征一は感じた。

「彼女が、もう一つ相談してきた事がある。何であるか分かるかな？」

征一はそれには答えられそうだ。

「就職先ではないかな。二人の子も居るし」

「そうだよ。だけどな、私の知っている就職先は飲食店ばかりで、夜遅く働かねばならない。それは彼女にはどうも受け入れられない。幸いに、一社だけ事務員を募集している所があった。彼女は其処に就職出来た」

「じゃあ、良かったですね」

「実は其の日の夜、不思議な現象を経験した。何故かと思えるような」

「其れ、どんな事ですか？」

征一は〝不思議な〟と名の付く現象により興味を持つ方だ。よくテレビ番組でも、不思議な何々のタイトルの付くものは必ず見ようとしてきた。

「誰かの手が儂の体を揺すった。それで目を醒まして横で寝ている婆さんを見た。婆さんは眠っている。起きていない。ならば誰なのだ？　そして体を起こして前を見た。

光輝く女がいた。

女は直立して少し浮いていた。そして見ると長い髪は白く顔の表情はにこやかだ。

着ている服を見れば、裾の長い白いワンピースだ。体も顔から手足まで全てが白い。

彼女は尚もにこやかな顔をして、

「貴方様の御陰で、目を醒ます事が出来ました。此れからは自らを省みてより良き人になっていこうと思います。どうも有り難う御座いました。其の上、仕事に就けましたし」

と、礼を尽くして言ってきた。

顔をよく見ると、早瀬の奥さんではないか。そして女は、スー、と消えていった。

義継の話を聞き終えた征一は、

「お爺さんにも、こんな不思議な事があったんですね。霊感が無いのに生き霊の姿がよく見えたと思うし」

と、言って不思議さに感心した。

「彼女は、儂に想いを伝えたかったんだろう。だから霊感が無くても彼女の生き霊の姿が見えたのだ」

「そういう事でしたか」

霊感の無い爺さんでも見えるのは、相手の伝える想いが強かったのか？　最後は怨念な悪霊でなくて良かったと征一は思った。

「そうだ、どうしても話したい事がある。実は、夜叉や阿修羅などの悪鬼神と言っても、善神と言っても、人の心の中に存在する者達だ。何かの時に、其のような心が出る」

義継の言った言葉は征一の心にずっと残った。其の中でも心の中に悪鬼神が存在するのは、余り良い気がしない。それでも義継は後に、心の中の悪鬼神が善神に変わる場合があるとも言い、其の為には仏法（法華経）への信仰が必要だとも付け加えて言った。

早瀬の奥さんの横にいたように生きた人から分離したのを生き霊と言うなら、亡くなった人が想いとして残したのが死霊である。其の死霊の中でも、特に土地に根強く染み付いて残っているのが地縛霊だ。

実は征一は死霊の類いの地縛霊に会った事がある。しかし其れは、死霊や地縛霊の言葉が示すようなホラーな怖い存在ではなかった。どちらかと言うと、亡き人が生きていた時と同じ姿で何かを話し掛けてきているようであった。

あれは征一がまだ高校生で一年生が終わり二年生になる前の春休みの頃だった。祖父の義継に連れられて島根県の出雲の方に撮影に行った。撮影と言っても、義継の助手だ。

出雲での撮影の定番は出雲大社に稲佐の浜。其の浜には弁天島と呼ばれる大きな岩もある。其処は有名な観光スポットだ。

義継の撮影は其れだけではない。多くの人が知らない観光の穴場や其の土地の料理や名菓も写真に撮る。

殆《ほとん》どの人が知らない情報を載せてこそ、人々は雑誌に興味を持ち写真に目を向ける。

撮影の助手であるものの、時に義継は征一にカメラを持たせ、写真を撮らせてくれた。其の時、義継は「素人にしては良く撮れているな」と、褒めた。自分はカメラ撮影は初歩的だが、良く出来ている方なのか？　と征一は嬉しくなった。

出雲大社と昼間の稲佐の浜の撮影が終われば休憩だ。後は日没時の稲佐の浜を写すまで、待つ事になる。

ずっと浜と海を眺め続ける征一の横で、ふと義継は知人とのやりとりを思い出していた。

「神社に行く事があるのに、何故、神社に参拝しないのか？」と尋ねる知人に対し、義継は、

「神は仏の下部だから参拝しない。代わりに法華経による仏力によって神は力を増すのだ」と、答えた。

此の国では仏教徒は神社にも参拝する。しかし義継のような法華本宗の者は、こうした理由で参拝しない。

征一は尚も海と浜を眺め続ける。其の景色は単調だ。それ故なのか、段々と眠くなってきた。そして知らぬ間に眠ってしまっていると、何時なのか、ふと人が近付いてく

るのに征一は気付いた。もう目が醒めたのかと思い目の前を見ると、角髪《みずら》の髪形の中年の男性が立っていた。着ている物は、飛鳥時代の衣装だ。高い身分と地位の人であるのは分かる。

其の男は、

「儂は最後の出雲の大国主だ」と、言ってきた。

征一はこうした人物を目の前で見ると、時間旅行をしたのか、それとも夢の中なのかと思ってしまう。

「貴方が最後の大国主なら、大和の国のアマテラスから出雲の国を譲れと言われたのでは？」

「大和の女の帝をアマテラスと言うのか。彼女は元は帝である大海人《おおあま》皇子の妃だった。夫の大海人皇子の亡き後、彼女は大和の国の帝の地位に就いた」

「じゃ、彼女は持統天皇なのか？」

「其れは初めて聞くな」

大国主は少し驚きの顔だ。

「何々天皇と名が付くのは、死後に付くものなので」

「そうか、儂が知らない訳だ。それで其の名の帝だが、何度も国を譲れと通知してきた。そして、とうとう稲佐の浜の沖に多数の大和の軍船が姿を見せてしまった」

「じゃあ其れを見たら、国を譲るしかないのでは？」

「其のとおりだ。どうしようもない。だから上の息子のコトシロヌシは国譲りに同意した。しかし、下の息子のタケミナカタは反対し戦った。結果は多勢の大和に敗北した」

征一には、此の時の大国主の無念な苦渋の表情が目に映った。

「それで後はどうなったんですか？」

「タケミナカタは捕えられ、国を譲るのを条件に首を刎ねられるところを諏訪に流罪になった。だがな、儂とてタダで国を譲る訳ではない」

「じゃあ、どうしたんですか？」

征一には此の先の事は予想出来るが、取り敢えず尋ねてみた。

「稲佐の浜と海の見える場所に物見台を築いてくれと大和の国に要求した」

「物見台って？」

大国主は征一に分かり易く説明する為、小さな枝の切れ端を拾い砂地に物見台の絵柄を描いた。其れは四本の太く長い柱の上に建物が築かれている。そして建物の斜め上には、登る為の一直線の長い階段が付いていた。

「此れは、神殿ではないですか？」

すると、大国主は言った。

「今の世では、物見台をそう言うのか？　初めて聞いた。此の物見台は沖合いの舟の運行を見守り、海からやって来る敵や災害をもたらす津波を見張る為にある。出雲の人達には無くてはならない物なのだ」

「そうですか。しかしどうして、大和の国は国譲りを強要してきたのですか？」

大国主はどう言おうか暫く考え込む。そして征一に対して口を開いた。

「あの女の帝が言うのには、倭国との関係の深い百済の国が新羅と唐に滅ぼされてしまいました。此の倭国を唐と新羅に対向出来る強い国にするには、倭国が一つになるしかない。つまり、出雲や其の他の国が倭国の中に幾つもあるのはいけないと言ってきた」

「だから大和は国譲りを？」

「私とて、倭国が強くあるのは望みますが、それで出雲の国を終わりにするのはどうしても受け入れられない。代々出雲の王家は、出雲の国を育てて守ってきました。出雲の人達も、此の国が続く事を強く望んでいる」

「貴方様の受け入れがたい気持ち、分かります」

「そうかー、分かってくれるのか」

そう言う大国主の顔は、喜びの笑顔だ。此方が理解を示した事に因る自然な感情だ。

「ええ。本当は出雲の国に強い愛着があるのでしょう」

「そうだよ。私だけでなく、出雲の人達とて強い愛着を持っている。だから、物見台を大和の国に作らせたとて、無念さは残る。また、国を失うのは淋しい」

そう言い終えた大国主は、征一に背を向け去っていく。其の後姿の、無念さと淋しさが感じられた。

去り行く大国主の姿は、次第に小さくなり、半透明になって消えていった。

征一の目の前の浜は、自分以外は誰一人居ない。只、波が浜に打ち寄せる音だけが聞こえる。ザザーッと。其の音さえ、淋しさを感じさせる。

此処は、夢の中なのか？

不思議な世界だ。我一人しか居ないのか。

そう思っていると、目の前に半透明な人物が見えてきた。其れが更に実体化して、人物の姿も色も次第にハッキリしてきた。

一体……、誰なのか？

こんな現象、夢の中だからか……？

そう思う征一の目の前に、其の者の姿は完全な形で存在した。

其の姿は男か女かと言えば女だ。髪形は角髪、衣装は生成りの白の古墳時代の男の戦装束だが鎧は飛鳥時代の物だ。彼女は、手には鞘に収まった古代の直刀を持っていた。そして見た目は、年齢的には四十代か五十代かというところだ。

「わらわは、鸕野讚良《うののさらら》じゃ」と、女は自らをそう言うと、征一は、

「うののさらら、一体、誰なんですか？」

と、尋ねた。

「わらわの夫は大海人皇子で、帝の位に就いていた。其の夫の死後、わらわは帝の位に就いた」

「じゃあ、持統天皇か？」

「わらわは持統天皇？　今の世の人達はそう言うのか？」

「何々天星と名付けられるのは、死後に付けられる名なのです」

「つまり……、わらわは既に亡くなった存在なのか？」

「そうです」

目の前の女性は、もう既に亡くなった存在であるのを自覚しているようだ。しかし、征一には彼女を霊と言うより、どう見ても実存してる人間に見えてしまう。

「お主よ、わらわは此の出雲で何をしたか御存じか？」

「出雲の大国主に、国譲りを強要したんでしょ。沖合いに幾つも軍船を並べて脅したのでは」

「よく知っているな。どうしてなのじゃ？」

「もう既に、最後の大国主に会った。彼から国譲りの情況を聞いています」

「それでどう思うのじゃ？」

「可なり、強引だなと思いました」

「それでお主は当然ながらわらわを悪く思うのだな？」

「そうです」

「そうやな、人は強引なやり口に対して、良く思わない。当然だな」と彼女の口調は強めだ。

目の前の彼女は、暫く黙っていた。征一には、彼女が今度はどう話そうかと考えているように思える。そして、彼女は口を開いた。

「此の日本、今も続いてるのか?」

「続いています」

「そうかー、此れも出雲の国譲りが成功した所為だな。良かった。お主もそう思うだろ」

其れを言う彼女の顔は、嬉しげだ。

しかし征一は、

「国譲りを強要された出雲の人達や大国主を思うとどうかと」

と、相手の感情を逆撫でしてしまう事を問うてしまった。

「だから、受け入れられるよう、大国主の望みどおり物見台を建てたのではないか」

彼女の顔は先程とは反対に険しげだ。やはり、感情を逆撫でしてしまったようだ。

「出雲の国の人達も大国主も、出雲の国には愛着と拘り《こだわ》が有ります。だから、物見台を建ててやるだけで心から受け入れられるのでしょうか？」

「だからと言って、国が一つにならなければ、此の国は新羅や唐に滅ぼされてしまうぞ。致し方ないではないか」

其の言葉に、国が一つになる出雲の国譲りには反対の二つの内の一つに考えが選べない征一は、何とも言えない状態が暫く続いた。それでも、

「どうしたって、出雲の国に愛着のある人達は、国譲りを受け入れるのは無理です」

と、反する事を強く言ってしまった。

「お主、此の国が他国に滅ぼされても良いのか？」

「良い筈がない」

「なら、出雲の国譲りを受け入れるのだな」

「其れは無理です。それに、此の国が滅ぶのも望みません」

「何ー、此の国が滅びたくない。出雲の国譲りはあかん。何を訳の分からん事、言ってんじゃあー」

女の帝の顔は、更に険しく怒りに満ちてきた。それに、呆れ顔にも見える。
そして、帝の姿はスーと消えた。
征一は目の前の浜と海を眺め、周りを見渡した。
誰も居ない。自分以外、誰も見ない。
夢の中の世界なのか？
今まで出会ったアマテラスも大国主も、
夢の中の出来事なのか？
後ろで誰か体を揺すっている。
誰だ？
そしてハッと目を醒まし後ろを見た。
「お爺さん」
後ろにいたのは、義継だ。
「寝ていたようだな」

やはり、アマテラスと大国主に会った世界は、夢か。

「アマテラスと大国主に、夢の中で会いました」

「古墳時代の世界か」

「古墳時代ではなく、飛鳥時代のようです。アマテラスは大海人皇子の妃と言い、夫で帝だった大海人皇子が亡くなってから帝の座に就いたそうです」

「では、アマテラスは飛鳥時代の持統天皇なのか？」

義継は時代の違いに少し驚いている。此の地でアマテラスと大国主と言うと、古墳時代のイメージだ。

「そうです。それで最初に大国主に会いました。大国主はアマテラスに強要されて国を譲るしかなかったと言っていました。何せ、沖合いに軍船を並べて脅してきましたからね。それでも、大国主の下の息子は戦いました」

「其の結果は負けだろ？」

「はい、負けです。それでも、大国主は当時物見台と言っていた神殿を建てさせて国譲りを受け入れたそうです」

「神殿は最初から神殿ではなかったのか」

義継は知っていた内容とは違った為か、少し驚いた様子を見せた。

「物見台は、沖合いの船の運行と海から来る敵を見張る為の物です。他には、海の天候の異変を知る事も出来ると言っていました。それでも大国主は、国を譲るしかなかったのは無念だと言っていました」

「それで、何故、国譲りを強要してきたか言わんかったか？」

「持統は、此の国の中に出雲や幾つもの国があっては、百済を滅ぼした唐や新羅に対抗出来ないと言っていました」

「そうか、それで出雲の国譲りを強行したのだな。今、此の国が一つの国として成り立っているのは、持統の御陰かもしれん。だけど儂は、訳あってとは言え、出雲の国譲りは心から受け入れられない」

「自分とて、其れは同じです」

「そうか」

それから二人は、暫く立ったまま対面の状態で消滅した出雲の国への想いに浸っていた。いつまでも出雲の国が続いたらという思いさえ感じていた。

そして、義継は、

「まだ撮影の夕方まで間がある。近くの喫茶店にでも行こう」と、提案した。

征一は陽の傾きを見て、

「此処で待ち続けるのも苦になる。店で時間を過ごした方が良さそうだ」と、答えた。

「じゃ、行こか」

征一は、義継に勧められるがままに喫茶店に向かった。

喫茶店での義継との会話はざっくばらんで色々だ。話も自然と口に出る内容だ。其の会話のなり行きは自然と神と神話に関する会話に変わっていく。此の出雲の地での事を話していくと、どうしてもそうなる。

其の後も征一は出雲での事や、あの時、義継が喫茶店で話していた事を思い出す。

神は人によって作りだされ、祭り上げられて神となる。人は神を作り出す主人だが、信仰の対象である神に対し人は下部となる。仏教には其れは無く、神は仏道修業者を守る下部だが……。

今は出雲に行った時の事や天上の天界へ行った時のような特別な事もなく、征一は平穏な毎日を送っている。

だが、先々予想し難い一日が来るとは思っていなかった。

第五章　崩壊しゆく天上界とその後

ある日の早朝、
天界のカリトンが自宅の玄関に立っていた。

「征一さん、すぐに天界に来てください。大変な事になっています」

「えっ、大変な事ってどんな事？」

とにかく、征一は急な事で驚いている。

「天界の一部が悪しき人間に占領されている。ゼウス様がすぐにと」

「分かった。行く」

そして征一は後ろを振り向き、

「母さん、出掛ける所がある」と、言った。

「えっ、大学、どうするの？」

母がそう言うと、

「緊急な事が出来たと言っといて」と答えた。

すぐにカリトンと共に川の森まで行き、共に天馬に乗って天界まで出向いた。

天界に着いてから征一は驚いた。其処には、国防軍の航空機が着陸しており、国防軍がいた。

「此の人達は？」

征一はカリトンに尋ねる。

「天界を守りに来た人達です。それに下には海も島もあります。彼らは其処を守りにも来てるのです」

軍隊が、自国の領土と領海を守るのは当然か。

征一とカリトンの元にゼウスとヘラが近付いてきた。

「此の天界をそなたの手の平で吸わせ消滅させて欲しい」

「えっ、此の世界を無くす。なぜですか？」

征一にはゼウスが言ってきた事は、予想出来ないだけでなく、どう考えても分からなかった。

「我等は元々人の夢の世界で生きてきた者達だ。此の世界や我等が消滅しても、夢の世界で生きる」

「もしかして、地上の人間に敵わないからですか？」

「実は、我等は大昔のギリシャの武器しか持っていない。分かるだろ」

「えぇ、分かります」

ゼウスは征一の前に、男の天を一人置いた。征一には、何が此れから起きるのかと疑問に感じられた。

「腕を彼の方に伸ばし、手の平を開けて向けなさい」

「言うとおり、腕を伸ばし手の平を向けましたが。此れでよろしいですか？」

ゼウスは、何をしろと言うのか？　征一は半信半疑の気持ちだ。

「彼に対し、我の心の中に入れと言いなさい。そして吹い込まれたら、手を閉じなさい」

「我の心の中に入れ」

征一がそう言うと、一人の天は征一の手の平に吸い込まれた。それから手を握って閉じると吸い込みは終わった。

「しかし、どうしてこんな現象が？」

征一はどうしてもゼウスから聞きたかった。

「偶然にも、善意の人間が悪しき人間に追われている天女を助けようとして為した事だ。とにかく、まずカリトンと一緒に天馬に乗りなさい。此の世界が消えれば下に落ちる」

言われたとおり、征一はカリトンと共に天馬に乗った。征一は前に、そしてカリトンは後ろに。

「乗りました」と、征一は一言言った。

「じゃ、側に居る軍隊の方達にも引き上げて貰うか」

ゼウスの要望どおり国防兵達は輸送機に乗っていく。そして輸送機は去っていった。

飛行機は見えなくなり、天馬は空中に羽撃いて浮いている。今だー。

「我の心の中に入れ」

征一の大声で天界の全ての物や人が征一の手の平に吸い込まれていく。もちろん近くにいたゼウスやヘラも。

其の時、向こうに落ちていく一機の飛行機と幾人かの人間が見えた。

あれが、天界を侵した悪しき人間達か。奴等は、地獄に落ちれば良い。落ちろ落ちろ、どんどん落ちろ。そう、征一は心の中で念じた。

そして天界の全てが消え去り、上空は青い空と白い雲、下には青い海に島が浮かび、其の島も一つではなく、更に向こうにもう一つ見えた。今、此の空中に存在するのは、征一と征一の乗る天馬、そして後ろに乗っているカリトンだけだ。他は何も無い淋しい風景だ。

天馬は向きを変えた。

「我の、家に向かうのか。もう帰るだけか」

征一は小さくつぶやいた。

天馬は飛び続ける。征一の家に向かって。それから何れだけ飛び続けたのか、漸く海の向こうに陸地が見えてきた。より近付いていけば、街と流れる川が見える。川の近くには、森があるのが分かる。天馬は其の森に向かっていく。

天馬は森の近くにゆったり翼を羽撃かせながら舞い降りた。其の後、天馬はトコトコと森の中に入っていき、ある程度進んだ所で止まった。

征一とカリトンは天馬から降り、二人は対面して立っている。互いに別れを言う為だ。

「もう此れで御別れですね」

征一がそう言うとカリトンは、

「夢の世界で、また会えますよ」と、言った。

「そうですか。それでは、さようなら」

征一が最後の挨拶を告げるとカリトンの方も、

「此方こそ、さようなら」

と、別れの言葉を言った。

互いに別れを告げると、もう何も言い残す事はなかった。征一は、右腕をカリトンと天馬の方に向けると、手の平を開き、

「我の心の中に入れ」と、言った。

すると、天馬とカリトンは猛烈な勢いで吸い込まれていく。其れはあっけない程、すぐに終わってしまった。

征一は森の中を見渡す。自分と森の木々以外は何も無い。淋しい気分を感じる。何故なら、親しかった天界の者達が現実の世界から居なくなったのだから。

カリトンは、夢の中の世界で会えると言っていたが、本当なのだろうか？　征一は

半信半疑だった。

それから三日後の夜、
征一は寝てる中を誰かに起こされた。部屋の中の灯りを点けると、目の前に立っていたのはカリトンだ。其の後ろには、縦長の楕円形の黒い穴が見えた。

「征一さん、夢の中の天界に来てください」

彼がこう言うのには、何かあるのだろうと考え、

「じゃあ、行ってみます」

と、征一はパジャマを普段着に替え、玄関まで行って靴を取ってきた。

征一の用意が整ったのを見て、カリトンは穴に入っていく。それに続いて征一も靴を履きながら入っていった。

穴から出た所はゼウスの宮殿だ。男の天や天女達も幾人か集まっている。

征一はカリトンの後に付いて宮殿に入っていく。そして二つの玉座のある部屋に

入った。其れらの玉座には誰も座ってない。

「ゼウス様とヘラ様は戻ってきません。此れからどうしたら良いのか分かりません」

カリトンは主が居ないので悩んでいるようだった。

「ゼウス様とヘラ様は元は地上の人間です。地上の何者かに生まれ変わろうとしています。だから戻ってきません」

「なら、どうしたら？」

征一はカリトンの為に暫く考える。

「皆で天界の主を決めれば良い。それで決まらなければ、カリトン、貴方がなれば良い」

「そうですか、そうします」

カリトンがそう言い終えると、何も無い白い世界に変わった。そして征一は目を醒ました。其の時の征一は、布団の中で寝たままだった。

もう天上の天界はないのだな。夢の中でだけだ。

征一はそう悟った。

それから十九年後、
ある公園のベンチに男女の高校生が座っていた。学校が終わり帰宅の途中である。

「ねえ、勇次」

「何だ、清美」

「私達、前世の記憶があったんだね」

「そうだよ、ゼウスとかヘラと呼ばれてたクレタ島の王と王妃だ。其の時、お前が着ていたのがこんな服だ」

勇次は木の枝を拾って上半身の絵を書いた。長い髪、半袖の服、腕は肘まで、そして古代クレタ女性の着こなしである胸丸出しの姿を書いた。

「恥ずかしい。今、こんなの着れないわ」

【著者プロフィール】

安田 員壽（やすだ かずひさ）

1953年6月19日、愛知県岩倉市に生まれる。
成長期を同市で過ごす。
社会人に成ってから、名古屋市に4年間居住。
其の後、今に至るまで岩倉市に居住する。

天界《てんかい》の者達《ものたち》

2023年10月27日　第1刷発行

著　者　　安田員壽
発行人　　久保田貴幸

発行元　　株式会社 幻冬舎メディアコンサルティング
〒151-0051　東京都渋谷区千駄ヶ谷4-9-7
電話　03-5411-6440（編集）

発売元　　株式会社 幻冬舎
〒151-0051　東京都渋谷区千駄ヶ谷4-9-7
電話　03-5411-6222（営業）

印刷・製本　中央精版印刷株式会社
装　丁　　川嶋章浩

検印廃止

ISBN 978-4-344-94605-7 C0093
幻冬舎メディアコンサルティングＨＰ
https://www.gentosha-mc.com/